鬼談

京極夏彦

角川文庫
20771

目次

口絵造形製作／荒井　良
口絵デザイン／坂野公一（welle design）

鬼交《きこう》

ボダン説に鬼交は人交と異なること無し、
唯だ鬼の精冷たきを異すと――。

南方熊楠《みなかたくまぐす》『鶏に関する伝説と民俗』

花瓶の表面が艶《なま》めかしい。

触れてもいないのに陶器のつるりとした冷ややかな触感が蘇《よみがえ》る。

記憶の中の感覚は必ずしも触れた時そのままの部位に喚起される訳ではない。花瓶に触れるのは概《おおむ》ね掌《てのひら》なのだろうが、花瓶の表面の艶《つや》やかな触り具合は、何故《なぜ》か全身の皮膚に、それも首から胸——乳房のうえの辺りに、ひと際《きわ》集中的に蘇った。

漫《そぞ》ろな気分になる。

花瓶には、笹百合《さゆり》が一輪だけ挿《さ》してある。

花瓶の、その質感とは裏腹に柔らかな曲線を描いて窄《すぼ》まった口から、真っ直ぐに茎が伸びている。その茎は線形の葉を互生させ、やがて少し不恰好《ぶかっこう》に湾曲して、固く尖《とが》った花を突き出している。花はまだ完全には開き切っていない。でも百合はいつもあっという間に開くから、その太い茎から花瓶の中の水をどくどくと吸い上げて朝《あした》には開いているのかもしれない。

どくどくと。水を。

花瓶の、その内側を想像する。

内側はぬらぬらと濡《ぬ》れそぼっているに違いない。花に遮《さえぎ》られ光も届くまい。玄《くろ》く、そして滑らかな水面に、茎は屹立《きつりつ》しているのだろう。

そして水を吸い上げているのだ。

そして——。

余所見《よそみ》をしている間に、きっと花弁は開くのだろう。

開いたらすぐにおしべの葯《やく》を摘《つ》んでしまわなくてはいけない。

花粉が落ちるから。

花粉が床に落ちてしまったら——絨緞《じゅうたん》が鄙俗《いやら》しい花粉色に染まってしまうから。

でも、開きかけの蕾《つぼみ》は未《ま》だ固そうだった。

このままずっと見続けていたならば、花弁が開いていく過程を見ることが出来るかもしれない。何だか頭の芯《しん》が朦朧《ぼんやり》としているから、いつまでも見ていられそうな気もする。ただその、まだ百合の芳香を発散する前の青臭い花は、瞭然《はっきり》とは見えていなかったのだが。

花は視界の少し外にある。視界に入っているのは——花瓶だけである。

小振りの花瓶は、微妙な色合いをしている。

直接《じか》に触れれば冷たいことは確実なのに、その乳白色から萌葱《もえぎ》色に緩《ゆる》やかに移ろう微妙な色合いは、見ている分には温《ぬく》もりまでも喚起させる。

——見ている。

そう。私は花瓶を凝視している。

視野が異常に狭い。花瓶以外は殆《ほとん》ど何も見えていない。おまけに瞳《ひとみ》を動かすことが出来ない。私は眠っているのか。寝台に横たわっているうちに微睡《まどろ》んでしまったのかもしれない。

でも。

眼球の表面の粘膜が乾いていくのが判る。眼は明《あ》いているのだ。

瞼《まぶた》を閉じようとするのだが、どうもままならない。自由が利かない。

下瞼に力を入れると、目頭が僅《わず》かに痙攣《けいれん》して——。

やがて、ぴくりと涙腺《るいせん》から液体が分泌された。

眼球の膜面が潤う。睫《まつげ》が濡れる。途端に視界が瑞々《みずみず》しくなって、硬質なはずの花瓶がぬるりと滲《にじ》んで見えた。

——ああ、軟らかい。

何て軟らかいんだろう。涙越しの世界はどれもこれも、瑞々しくてやわらかいんだ。

花瓶の背後《うし》ろ。

カーテンの襞《ドレープ》が揺れる。ゆらりと揺れる。ひらりと捲《まく》れる。

捲れあがった襞が、百合の花に僅か、ほんの僅か、触れる。触れたように見える。動きが酷《ひど》く緩慢《ゆっく》りとしている。襞はやがて花瓶の表面を微《かす》かに、微かに撫《な》でる。

びくりとする。

その刹那《せつな》カーテンは花瓶を温かく感じたか。軟らかく思ったかと、そんな妄想が瞬間的に脳裏を占領して消える。

カーテンの襞はぬるりと花瓶をなぞって、緩々《ゆるゆる》と元の場所に戻った。

とても鈍《のろ》い。空間が粘ついてでもいるかのようだ。柔らかな布の襞というものは、こんなにもゆっくりと動くものだろうか。時間感覚が麻痺《まひ》しているのだろうか。

時間の流れがどろどろと滞っているから、空間も密度が濃くなっているのだろうか。

ぬらりとしたサテンの襞は、粘性を帯びた濃密な空気の振動に合わせて、まだひくひくと揺れ動いて見える。

決して涙で滲んでいる所為《せい》ではない。

——ああ。

窓が開いているんだ。

きっとそうに違いない。

換気のために開けて、閉め忘れたのだろう。

換気のため——という、味気ない日常語がとても懐かしく響く。換気という、含蓄のない乾燥した事務的な漢字の連なりが想起され、それで少しだけ自分を取戻す。

——ああ、いけない。

不用心だ。閉めなくては、戸締まりをしなくてはと思う。

こんな時間に窓なんか開けていたら何が侵入《はい》って来るかわからない。

何か厭《いや》なものが侵入って来たら。

さあ、閉めなくては。

さあ。

起き上がれない。躰《からだ》が動かない。

後頭部に濡れた綿が詰まっているかのような、湿った、厭な感覚。頭の芯がずくずくとするだけで、躰はまるで反応しない。動かそう動かそうという意志が、神経の束の途中で凝《こご》って、渦巻いている。意志は末端までは到達しない。

私は小指一本痙攣させることが出来ない。

躰が睡《ねむ》っている。

覚醒《かくせい》しているのは私の一部分に過ぎないのだ。だからこんなに視野が狭いんだ。だからこんなにもどかしいんだ。胸の奥がじりじりと焦げる。苛《いら》つく。

念じても動かない。

念の力でものを動かせるなんて嘘だ。

人間は自分の躰ひとつ満足に動かせない時があるんだ。

やがて集中力も途切れる。すうと意識が遠退く。

このまま眠ってしまえばどんなに楽だろう。窓なんか開いていたっていいや。このまま、ぐずぐずと睡眠の泥沼に沈んで行ければ、それはどんなに幸せだろう——。

そう思うと、どくどくと躰を流れる血流がその勢いを弱め、代わりにどろりと重たい粘性の液体が隈《くま》なく全身に行き渡る。

怠《だる》い。

倦《だる》さが心地良い。

やがてじゅう、と脳に液体が染みる。

刹那意識が途切れ、また接続する。意識が明滅する。

8ミリフィルムで上映されているみたいに、世界が点《つ》いたり消えたりする。画質も悪い。磨《す》りガラス越しに眺めているように霞《かす》んでいる。

瞼を閉じぬまま眠ってしまった場合、この景色は突如途切れるのだろうか。それとも徐々にフェードアウトして行くのだろうか。とても気になる。

――ああ、眠ってしまいたい。もうどうでもいいや。

既に動こうとする努力も気力もない。痺《しび》れるような陶酔感を伴って、意識が白濁していく。

――いや。

駄目だ。

駄目だ寝ちゃ駄目だ。何としても眠ってはいけない。

微かな警告。幽《かす》かな不安。私の、ずっと奥の方で、睡眠を妨げる思いが芽生える。

恐怖――そう、それは恐怖心だ。

でも安堵感《あんどかん》に包まれた恐怖心など、とても鈍《にぶ》いものである。

すう、と遠退く。

ああ、いい気持ちだ。

——駄目。

駄目だ。このまま眠ってしまってはいけない。私は——無理矢理に拡散した意識を集中する。役立たずの四肢を無理矢理に奮い立たせるべく、隅々《すみずみ》まで意識を配信する。それでも躰は脱力していてぴくりとも動かない。腕も脚も、まるで夜具に吸いついてしまったかのように動きはしない。大腿部《だいたいぶ》の内側と脚のつけ根がやや硬直する。

腰がやや浮いたような気がした。

腰椎《ようつい》から脊椎《せきづい》づたいに、送った力が逆流して来る。背筋の下の方から上の方に向かって徐々に緊張と弛緩《しかん》が繰り返され、やがてその波は頸椎《けいつい》に至って、脳幹へと収斂《しゅうれん》した。ずきずきと頭の芯が痛んだ。

途端に。

私の躰は更に脱力した。

睡魔は一層に増した。力を抜いたところで体勢は何も変わりはしない。僅かに浮いたように思えていた腰も、つまりは何も動いていなかったということだろう。

そんな気がしただけだ。

麻痺しているのだ。

どうしようもない投《な》げ遣《や》りな気持ちになる。余計に朦朧《もうろう》として来る。

その時――。

ちくり。

針で突くような覚醒。

部分的に感覚が蘇った。皮膚《はだ》の表面である。

露出している部分だ。私は殆ど何も身につけていないのだ。

下着に羅《うすもの》の夜着。薄掛け一枚。薄掛けは腰のくびれの辺りまで捲れ上がっている。私の下半身は無防備に夜気に晒《さら》されているのである。

足の裏。足の甲。足首。ふくらはぎ。脛《すね》。膝《ひざ》。腿《もも》。太腿――ひりひりとした緊張が剝《む》き出しになった肌の表面を駆け上がって来る。

厭だ厭だ厭だ。

隠したい覆いたい。

私は私と私以外の境界面だけで覚醒している。

こんな漫《そぞ》ろな思いをするくらいならいっそ早く意識を失ってしまった方がいい。

もう、いい。窓が開いていたって構うものか。眠ろう睡ってしまおう。厭だ厭だ。眠りたい睡りたくない。ああ混濁する。足が――脚の形をした虚《うつ》ろな皮膚が。

ひりひりと――毛穴が開く。

産毛がそそけ立つ。

これは――。

これは、視線だ。

あ、そ、こ、に誰か居る。

窓枠のところだ。

誰かが――。

誰かがあ、そ、こ、から中を覗《のぞ》いている。

私を私の躰を私の脚を脚のつけ根を凝眸《ぎょうぼう》しているんだ。

いや――侵入しようと様子を窺《うかが》っているのか。それとも、もう半ば入りかけているのか。窓枠の縁《ふち》に乗っかって、カーテンを搔《か》き分けて、ぬるりと頭を差し込んでいるに違いない。

厭だ。凄《すご》く厭だ。粘り着くような視線が、ゆっくりと私の表面を撫でて行く。

ゆっくりと。

でも。

半ば覚醒することを放棄してしまった私の意識は、未《ま》だ明滅を繰り返している。世界はどくどくと動いているのに、私の躰は鉛のように重い。瞳すら動かすことが出来ない。

その鄙俗《いやら》しい視線の元は――私の視界の外にあるのだ。窓枠の端《はし》は私の視野が及ぶ範囲から微妙にはずれているのである。

見えていない訳ではないが——見ることは出来ない。スクリーンの外側に映った映画のようで、とても気持ちが悪い。ほんの少し顔を傾けられれば、いや、ごく僅か眼球を動かせたなら確認出来るのに。

気の所為《せい》かもしれない。

気の所為だ。

見えないのに居ることがわかるというのは変だ。気配なんてみんな気の所為なのだ。だから。

ぬらり。

眼の端にカーテンの襞《ひだ》が入って来る。

襞は醜く歪《ひず》んで、もうかなり霞んでしまった花瓶の表面を撫で、視界から消えた。

——居る。

窓の縁を撫でている。

あれは風で揺れているんじゃない。今の動きは風の仕業なんかじゃない。

あれは——カーテンの背後に誰かが居て、それであんな風に揺れているんだ。

そして、あの動きは——。

そうだ。指先で窓枠をそっとなぞっているのだ。そろそろ、そろそろと、縁をなぞっている、そういう動きだ。それに合わせてカーテンの襞が震えているのだ。ぬらり、ぬらりと。

反復している。

くりかえしている。

その律動は、私の意識の明滅の間合いと微妙にずれている。ずれているからカーテンの緩やかな動きもとてもぎこちない。捲れ上がり揺り戻すその動きが、奇妙に歪んだ形となって網膜に刻まれて行く。ぐにゃりといびつな形状に変形した襞は、到底自然界にあり得ない形状で止《と》まり、断続的にその形を変えた。

――ああ散漫だ。

ちっとも集中しない。

その段階で恐怖心はもう蕩《とろ》けてしまっている。

こんなに無防備に躰を投げ出しているというのに、私は怖いとも逃げようとも思っていない。侵入者の存在を確認することも放棄している。窓を閉めようとすら思っていない。眠りたいのに睡れない苛立ちだけが、じりじりと延髄の辺りに堆積《たいせき》している。退廃的な焦燥感だけがぶすぶすと燻《くすぶ》っている。それだけである。もう、どうしようとも思っていない。

――ああ、あんなに捲れて。

そんなことを思うだけである。

そろり。そろり。縁を撫でている。

ひくり、ひくりと私は明滅している。

やがて――律動は明滅と間合いを合わせ始める。その差が近づけば近づく程、視界はぐにゃぐにゃに歪んだ。なんて瑞々しいんだろう。この部屋はこんなに柔らかかっただろうか。壁も床も天井もぬらぬらとしている。まるで花瓶の内側みたいだ。艶々《つやつや》として見える。どこもかしこも湿っているみたいだ。とろとろに濡れている。つるりとしたところどころ光ってさえいる。昔貰《もら》ったデコパージュのオルゴールのようにぬらぬらした表面は、冷たい質感なのに温もりを持っている。

――ああ視線が。

百合の茎が水を吸いあげている。

茎の中に充満した水分はまだ開ききっていない花弁から滴って、つうと糸を引き、ぽたりと落ちる。

その途端に、二重写しの画像がぴたりと重なるように――律動と明滅は同調《シンクロ》した。

カメラの焦点が合ったみたいに。

私は突然敏感に世界を受け入れた。

視界の外で影が動いている。

――侵入《はい》って来たんだ。

ふう、と空気が動いて皮膚を刺激する。

視線とは違う。風が私の表面を撫でて行く。足の甲から滑り落ちるように脛を通ってするすると冷たい外気が私をなぞって行く。

冷たい。

きっと私の躰も内壁と同じように湿っているんだろう。うっすらと汗ばんでいるに違いない。夜具に密着した部分などは、きっと汗で濡れているはずだ。汗腺が開く。無数の細かい孔《あな》が、各々勝手に呼吸を始める。皮膚という膜一枚で世界と隔絶していた虚ろな私に、もう防ぐものはない。夜は容赦なく境界を通り抜けて浸透して来る。僅かに残った夜気を拒む意志が、私の皮膚感覚を更に敏感にさせる。

すると——。

露出している部分から——まるで伝染でもするかのようにそのちくちくした感覚が全身に広がった。

全身が粘膜で覆われてしまったようだ。

皮膚に触れるものすべてが異物に感じられる。それまで私を防御していたはずの夜具も夜着も、すべてが私から剝離《はくり》して行く。心地よかったはずの、布の目のざらざらとした感覚が徐々に肥大する。細かかったそれが、まるで紙鑢《かみやすり》のようになり、そのうち網の目程に広がって、私の敏感な表皮を刺激し始める。

私は私という形をした風船のようになってしまった。

しかもその皮膚はまるで両生類の皮膚のように脆弱《ぜいじゃく》なのである。

動けないから。動けないから私は私でいられるのだ。この状態で少しでも動いたならば、その刺激で私は弾《はじ》けてしまうかもしれない。

呼吸することすら困難な状態なのだ。
それなのに。
脚を過ぎた風はさわさわとお腹《なか》を撫ぜて、
そのまま這《は》うように私の躰に纏《まと》わり付き、
するりと。
乳房の先端を掠《かす》めた。
筋肉が収縮する。
鎖骨が浮き上がる。
首筋から駆け上がり、その湿り気を帯びた空気は私の鼻腔《びくう》に至った。
なんて濃厚な空気だ。
窓が開いているというのに。
この部屋の空気の密度はどんどんと増している。
浸透圧が私をこんなに過敏にさせているのだ。
このままでは私を包む膜が破けてしまう。膜が。
一箇所でも破けてしまったら。
——ああ。
爛《ただ》れている。
爛れたところから裂けてしまう。

ぬるぬると、みるみる部屋が縮んで行く。

そうじゃない。私が肥大しているのか。密度が変化しているだけか。

——ああ、広がる。

項《うなじ》に漸《ようや》く力が入る。顎《あご》が上がる。

内腿の筋が攣《つ》る。僅かに両脚が開く。

その隙間に夜が割って侵入《はい》る。

突如ぐい、と強い力が加わる。

それまで沈滞していた濃厚な液体が、無理矢理に細い血管を押し上げて体内を循環し始める。

隅々まで行き渡る。毛細血管がみるみる充血して、末端が膨れ上がり、私はまるでカーテンの襞のように変形する。いびつな形に捩《よじ》れて、痙攣を始める。駄目だ。駄目だ駄目だ。

網の目の布が糜爛《びらん》となった粘膜を刺激する。1ミリの距離が10メートルにも感じられる。

摩擦。律動。脈動。明滅。

総身が粟《あわ》だつ。粒の先端が蠕動《ぜんどう》を始める。体中に蟲《むし》が這っているみたいだ。

ぞろぞろ。ぬるぬる。

痛快感。高揚感。焦燥感。虚脱感。

そこは、、、。

先端から増幅されたパルスが信じられない速さで脳幹に到達する。動けと念じても動かなかったのに、動かされると今度は瞬時にして意識を攪乱《かくらん》する。かくらんする。かくらん。体中の先端から神経束を圧迫し乍《なが》ら意識の塊が逆流して来る。充血。充満。ぐいと。力が。蠕動。押し広げて。緊張。膨張。隆起。変形。血管が。右足の親指。左足の小指。やわらかい。くにゃりと。滑らかな。潤って。痙攣。収縮。収縮。収縮。

誰。

入って来たのは誰。

掻き回される。

窓を閉めなくちゃ。

朝になったら開いているかな。

ぱちん。

弾ける。

体液が活発に分泌されて、虚ろな風船の内部がみるみる液体で満たされて行く。

中も外と同じ。

どく。

どく。

どく。

淫《みだ》らに紅《あか》い液体が私を満たす。
それはさらさらしていて、私の中の濃度は急激に薄まる。
どく。
どく。
血が。
粘性の、ねっとりとした液体が、やがて通常の濃度に希釈《きしゃく》されて。
そうすると血流の抵抗感が徐々に薄れていく。
心拍数が正常値に戻っていく。
毛穴が収縮していく。
部屋が広がっていく。
息を吸う。
吐《は》き出す。

ああ。
もう大丈夫だ。
ほんとうにもうどうでもいいや。
そして。

私は眠った。
もちろん、眼を瞑《つむ》って。
もう厭だから。
厭だからね。

鬼想《きそう》

八百人の子供の首を斬り落とさなければならぬ程。

八百人の子供の首を斬り落とさなければならなくなった。子供達はまだみんな幼く当然何の罪もない。これはあまりにも理不尽だ。可哀想だ。やりたくない。

子等《ら》は泣き叫んでいる。怖いのだろう。私は可愛らしいその細い頸《くび》に冷たく鋭利な刃物を当てて、そして振り上げ振り下ろす。首がころりと転がって無垢《むく》な小さき者は死ぬ。

死んでしまうのだ。

ああ何と残酷なことか。でも続けなければ私が折檻《せっかん》されてしまう。恐ろしい拷問にかけられてしまう。だから仕方がないのだ。否、これは仕方がないで済むようなことではないだろう。あまりにも酷《むご》い所業ではないか。残虐に過ぎる。人倫に悖《もと》る。狂気の沙汰《さた》だ。たとえ我が身を滅ぼしてでも拒否すべき行為だろう。しかし承知するまで私は永遠に甚振《いたぶ》られるだけなのだ。拒んでも先延ばしになるだけで、結局子供達は死ぬことになる。私だってこんなことをするのは厭《いや》だ。堪《たま》らない。

でも。

私は刃物を振り下ろす。下ろさずにいられない。

即《すなわ》ち私は痛めつけられるのが厭なのだ。痛いのも苦しいのも厭だ。でも、こんな幼い子等を殺すのだって勿論《もちろん》厭だ。心が痛い。張り裂けそうに痛い。ごめんよごめんよと心中で泣き叫びながら、私は首を刎《は》ね続ける。何度も何度も、何度でも刎ねる。そこで私は気づく。私は体が傷つくことよりも心が傷つくことを選んでいる。肉体の苦痛を避けようとするがあまり、私は精神的な苦痛を甘んじて受け入れていることになる。こんなに残虐なことを仕出かしてまで、私は肉体を守っているのだ。なる程心の方が体よりも頑丈なのだなあ、こんなに非道なことをしても堪えられるくらいに心というのは強いものなのだなあと、そんなことを思ったところで、目が覚めた。

そうだよなあ。そうなんだよな。

私は枕元に飾ってある幼い息子の遺影に顔を向けた。

助けてやれなかったよ。ずっと後《あと》を追う気でいたのだけれど、やめることにするよ。夢の中で殺してしまった八百人の子供達のためにも、私は辛《つら》い思いを抱えて泣きながらでも生きて行くことにするよ。

心はきっと、体よりもずっと丈夫なのだから。

鬼縁<ruby>き<rt></rt></ruby><ruby>えん<rt></rt></ruby>

可愛いなあと父は言った。

普段はあまり表情を変えない父が、生まれたばかりの弟を見て発した言葉だ。

その父の、いつもよりかなり柔らかくなった頬《ほお》の辺りを、母もまた穏《おだ》やかに、にこやかに眺《なが》めている。

幸せそうな光景だと思う。

幸せそう、ではなく、幸せなのだろう。

和《なご》やかだ。

飾ってあるお祝いの花も満開だ。贈り物も沢山積んである。ぬいぐるみやら、写真立てやら、そういう色の綺麗《きれい》なものばかりである。華やかで、でも優しい。

何一つ不穏なところはない。

ただ、私の心の中だけは、そんなに凪《な》いではいなかった。

小さな新しい命は、慥《たし》かに愛《いと》おしくて、護《まも》ってやりたくなるものだ。

でも。

そんなに可愛いとは思わなかった。くしゃくしゃしていて、色も変だった。眼がぎょろぎょろしていて、魚の出来損《できそこ》ないみたいで、本当のことを言うなら気持ち悪かった。口には出さなかったけれど、そう思っていた。

猫の方が可愛いよ。

そもそもその頃の私は、弟が生まれるという現実を果たしてどう受け入れていいのか解らなかったのだ。

優しい母も、物静かな父も、私は大好きだった。

でも大好きだったのは可愛がられていたからで、可愛がられていなかったらどうだったのか判らないし、弟が生まれたらきっと弟の方を可愛がるんだろうななどと思っていたに違いない。

生まれる前から弟に嫉妬《しっと》していたのだろう。

そんなだったから。可愛いなあという父の言葉も、私の耳には素直に届かなかったに違いない。

□

私の時も、きっと言ってくれたのだろうけれど。

桐生作之進《きりゅうさくのしん》には、右腕がない。

生来《うまれつき》ない訳ではない。大きな怪我をしたとか、病に罹《かか》ったということでもない。

物心付いた時には、もう右腕はなかったのだ。二の腕の途中から、すっぱりとない。

童《こども》の頃はどうとも思わなかった。

不便といえば不便だったのだろう。だが、不便というのは、腕が揃っている状態を前提としてこその不便なのだ。牛馬は腕など使わぬが、それで不便と感ずるものではなかろう。いずれ最初からそういうものだと思えば良い訳であり、如何《いかん》せん最初から作之進はそうであったのだ。

否、これが普通だこういうものなのだと、ずっとそう思っていたのであるから、便が悪いと思うたことはなかった。

悔しいとか悲しいとかそうした想いを抱いたこともない。そもそも、身の回りに同世代の者は居《お》らず、乳母やら何やらが甲斐甲斐《かいがい》しく世話をして呉《く》れたから、本当に不便はなかったし、較《くら》べる者が居《い》ないのだから自らの身体が欠損しているという自覚もまた、なかったのである。

それでも、少し育てば知恵はつく。

幾齢《いくつ》の頃のことであったか覚えは定かではないが、作之進は父に問うたことがある。

何故己《なにゆえじぶん》には手がないのかと。

その時の父の顔を作之進は能《よ》く覚えている。

父は額《ひたい》に筋を立て、それでいて無理に笑みを作っていた。

父は、笑わない。笑ったところなど見たことがない。

それもまたそういうものだと思っていたから、作之進はその不自然な表情にかなり奇異な印象を持った。

それは生きるためじゃと父は答えた。

奇異な表情のまま、短く答えた。

どういうことか解らなかった。

ただ、已に右手があったなら、きっと生きてはいられないのだ、きっとそういうことなのだろうと、作之進は丸呑《まるの》みでそう理解することにした。

父は偉い。間違ったことを言う訳もない。その頃の作之進にとって、父は多分、藩主よりも偉かった。

そんなことを円窓から覗《のぞ》く大輪の百合《ゆり》を見乍《なが》ら、作之進は思い起こしていた。

それは、ずっと見続けて来た光景であった。

□

父は生真面目《きまじめ》な人で、仕事も熱心なのだけれど家庭も大事にした。そしてその二つを両立させるために、かなり無理をする人でもあった。

これは、なかなか出来ることではないのだと、今はそう思う。そうしたいという気持ちはあったとしても、仕事は家庭の都合ばかりを考えてくれる訳ではないし、家庭も会社のスケジュール通りになるものではない。学校の行事などは仕事のサイクルとは無関係にある訳だし、子供が熱を出したり怪我をしたりするのだって、予測がつくことではない。

父は決して要領の良い人ではなかったのだろう。

それだけに懸命だったようだ。

でも、弱音も吐《は》かず、愚痴も言わない。

あまり笑わない人だったが、怒ることもなかった。

いつも静かで、穏やかで、黙々と何かをしていた。

母もそんな父をよくカバーしていた。母も優しい人だったから、私の家の空気はいつだって柔らかくて居心地の良いものだった。何不自由ない、幸福な家庭である。

まるで真綿のような暮らしだ。

そんな真っ白な生活の中にいたのだから、何も畏《おそ》れることなどない筈《はず》なのに、それなのに私は何故《なぜ》か、いつも少しだけ不安を抱えていたのだ。

弟が生まれてからずっと。

弟は育つにつれて可愛くなった。素直で大人しく、私にもよく懐いていた。顔も、仕草も、可愛い。

猫よりずっと可愛い。

本当にそう思った。私は弟が好きだ。決して嫌いだったなんてことはない。いつも一緒に遊んだ。二人でよく笑った。

それでも。

弟を見ていると、私の中には何とも言いようのない、薄暗い——いや、真っ黒な何かが涌《わ》いたのだった。

眼にゴミが入るように、心の隅にゴロゴロした、滓《かす》みたいなものを感じていた。もしかしたら自分が捻《ひね》くれているだけなのかと悩んだこともあったのだけれども、そういうことではないのだ。

両親は私と弟をそれはもう平等に可愛がってくれたから、生まれる前に感じた嫉妬みたいな気持ちもなくなっていた。それでも私は、その得体の知れない違和感のようなものを拭《ぬぐ》い去ることが出来なかったのだ。

□

元服《げんぷく》の時のことだった。

それまで作之進はただの力丸《りきまる》だった。

その日、作之進は桐生作之進になったのだ。

月代《さかやき》を剃《そ》られ、装束を着けて、武士になったのだ。

否。

武士——ではないのかもしれなかった。

腰に大刀はない。

差しても抜けはしない。右手がないのである。

だからといって右側に刀を差す作法はない。形だけでも整えよと、一応用意だけはされたようだが、父が要らぬと言ったのだった。

しかし作之進の大伯父《おじ》は厳格な人物で、刀を持たぬ侍《さむらい》など居《お》らぬと強く意見した。家柄を考えれば、否、武家の作法に法《のっと》るならば、丸腰で元服など到底考えられぬと大伯父は言うのであった。

慥《たし》かに、桐生家は代々小さからぬ藩の剣術指南役を務める家柄である。禄高《ろくだか》も格式も低くはないし、何にも増して指南役であるのだから、差し料がないというのは如何《いか》にも恰好《かっこう》がつかぬ。

その主張は道理である。誰であってもそう考えるだろう。

だが、父は譲らなかった。

使えぬものは要らぬと言った。

剣は飾りではないというのである。

抜かぬのではなく抜けぬのだ。差せば飾りだ。

結局、小脇差だけを差した。

祝いなのか弔《とむら》いなのか判らぬような、閑寂《しん》とした宴だった。

その夜、作之進は父に呼ばれた。

そんなことはそれまで一度としてなかったことだから、作之進はどのような顔をして行けば良いのか判らなかった。

疎まれていると感じたことはなかったが、作之進は決して可愛がられてはいなかったのだ。父は常に威厳と共にあり、作之進は遠くからその姿を眺めるだけであったのだ。

ひらひらと棚引《たなび》く右袖《そで》が、これ程情けなく思えたことはなかった。父の前に座り、礼をした。畳に突く手も片方だけだった。作之進はその時初めて、己が片腕であることをまざまざと自覚した。

父は――厳《おごそ》かに言った。
□

父がおむつを換えるところは、何度も見た記憶がある。

私は、ただ汚いなと思っただけだ。

おむつが取れるまで、私はやっぱり弟がそんなに好きじゃなかったのかもしれない。

顔もどんどん可愛らしくなって、本気で可愛いなあと思ったりもしたのだけれど、それでもやっぱりあんな汚いことを自分でやるのは絶対イヤだと思ってもいたはずだ。その頃の私はまだ小学一年生くらいだったから、赤ん坊の世話などをさせられることはなかったのだろうけれども、いつの日かお前がやれと言われる日が来るのではないかと思い、思っただけで憂鬱《ゆううつ》になったことを覚えている。

それはなかったのだが。

父も母も、真面目で几帳面《きちょうめん》な人だった。面倒なことも大変なことも、しなければいけないことは黙ってする。そんな両親だった。手間が掛かろうが時間が掛かろうが、文句の一つも言わずに、まめまめしく、ただ働く。

勿論《もちろん》、私の世話だってきちんとしてくれていたのだけれど、赤ん坊の方が手が掛かるのは当たり前で、だから私は主に傍観していることが多かったのだ。

そんなだから。

何か、罪悪感めいたものが芽生えていたのかもしれない。

両親がもう少しずぼらな人達で――そうでなかったとしても弱音の一つも吐《は》く人達であったなら、私ももっとのほほんとしていられたのかもしれない。

いや。

それは慥《たし》かにそうなのだけれど、でも、何か少し違う。

弟の世話は私がするべきだ、私がしなくちゃいけないんだと、私は何かを契機《きっかけ》にして強くそう思ったのである。

父や母に——特に父には任せておけないと、そんな風に思っていたのだ。

思ったものの、何が出来る訳でもなかった。

思っただけだ。

両親はほぼ完璧《かんぺき》に日々の諸々《もろもろ》をこなしていた。私が手伝えるようなことはなかった。邪魔にならぬよう、自分のことは自分で出来るように、するように心懸ける、それが何よりの手助けになることは明白だった。

でも、そうなると両親と私の距離はどんどん開く。そんな気もした。だから私は、結局理解しがたい焦燥だけを抱えて、だらだらと普通に日々を過ごしていたのだ。過ごしていたのだけれど。

□

「お前の腕を斬ったのは儂《わし》だ」

父は――そう言った。

作之進は最初、意味が解らなかった。

ただ畏《かしこ》まり、下を向いていた。

返事をしようにも何と言って良いのか判らなかった。

幾つか言葉は用意して来た。何かを賜《たまわ》ったならこう言おう、苦言を呈されたならこう答えよう、訓辞を戴《いただ》けたならこう応じようと、それなりに考えてはいたのである。

どれにも――当て嵌《は》まらなかった。

用意された言葉の数数は凡《すべ》て無駄になった。

否、無駄になる前に脳裏から消えた。

「二歳になった折りにな。これで――」

斬り落としたのだと言って、父は刀懸けから大刀を取り、すらりと抜いて作之進の眼前に翳《かざ》した。

低頭していたから、正確には眼前ではない。

作之進は顔を上げることが出来なかったのだ。ただ、畳に突いた左手の指先だけを作之進は凝視していた。

だが、見ずとも。

抜刀したことは判る。音でも気配でもなく、温度で判る。そう思った。

刃の先端が、作之進の額の、少し先にある。

息も止めていた。殺されると思った。

汗がさっと引いて、体温が下がった。

震えることはなかった。震えることすら出来なかったのだ。

暫《しばら》くの間、父は微動だにしなかった。刀の切っ先は静止しており、ぴくりとも動かなかった。見なくてもそれは判った。

部屋全体が凍り付いたように固まっていたのだ。

「肝が——据わっておるな」

そう言うと、父は刀を鞘《さや》に納めた。

そんなのは買い被《かぶ》りである。鍔《つば》が鳴ると同時に作之進の動悸《どうき》は高まり、途端にどっと汗が噴き出た。

「流石《さすが》は我が子よ」

だから斬ったのだと、父はもう一度言った。

□

まだおむつをしていたのだから、弟は一歳になったかならなかったか、そのくらいのことだったのだろうと思う。

日曜日だった。

私は遅く起きて、テレビを見て、テレビを見ながら朝食を摂《と》った。

十時を過ぎていたから、朝食というよりブランチのようなものだったのだろう。母が作ってくれたのはナポリタンだった。

朝食のメニューじゃない。

母の作るナポリタンは美味《おい》しい。大好きだ。だから作ってくれたんだろうか。

夢中で食べた。でも、よそ見をしたせいかスカートにソースが少しついてしまったのだった。取れなくなってしまうと困るからすぐに洗うねと、母は優しく言った。私はスカートを脱いで、着替えを取りに行った。

隣の部屋で。

父が弟のおむつを換えていた。

そういえば泣き声が聞こえていたような気もするなあ、やっぱり汚いなあ、でも汚いままにしておくと弟は気持ち悪いのだろうし、なら可哀想なのは弟なんだから、誰かが換えてあげなきゃいけないよなあと、私はそんなことを考えながら、父の背中を眺めたんだと思う。

何だか、もやもやしていた。

私が――ではない。

父の。

背中が、である。

替えのスカートを穿《は》いて、それから私は父の前に回った。

弟が可愛らしい顔で私を見上げた。とても愛くるしい。

私はその小さい顔を眺めた後、父の顔を見た。

何か――変だった。

父は私に気が付いていない。私の動きに反応していない。父はただ表情のない顔で弟を見下ろしている。

いや、何かを弄《もてあそ》んでいるような感じだった。

私は視線を下ろした。

父は、弟のまだ細くって頼りない右腕を摑《つか》んでいた。そして、

「これだよなあ」

と、暗い声で言ったのだった。
□

作之進は一度も顔を上げぬまま、深く頭《こうべ》を垂れ、額を畳に擦《す》り付けるようにして父に問うた。

「申し訳ございません父上――」

父は無言だった。

「――仰せのこと、ご真意測り兼ねます」

作之進はそれだけを、絞り出すようにして漸《ようや》く言った。

「面《おもて》を上げよ」

父はそう言った。作之進が顔を上げると父は横を向いていた。

「言うまでもなく、桐生家は代代我が藩の剣術指南役を仰《おお》せ付かる家柄である」

「存じております」

だが自分には抜く剣も、剣を抜く腕もない。

廃嫡《はいちゃく》――。

そういうことか。

慥《たし》かに作之進にこの家は嗣《つ》げないだろう。指南役どころか刀を握ることすら出来ないのである。棒きれさえも振れない。作之進はそれまで、木刀は疎《おろ》か、竹刀《しない》さえ手にしたことがなかったのだ。

否、手にすることが叶わないのだ。

手が――ないのだから。

だから、それに就いては以前から考えていたことだった。役立たずを廃嫡し、養子を迎える。御家存続のためにはそれしかあるまい。

しかし。

しかし続く父の言葉は作之進にとっては意外なものだった。

「元服に当たり、桐生家の嫡子《ちゃくし》として知っておかねばならぬことを此処《ここ》で伝える」

父はそう継いだ。

「私が嫡子——でございますか。私は」

「他に子は居《お》らぬ」

「しかし父上、私には」

右腕がないのだ。

父自らが斬り落としたのだと、たった今言ったではないか。

刀を持てぬ者が剣術指南の大役を継げる訳がない。それともこれから、隻手《せきしゅ》の剣術でも修めよということなのか。
□

――これだよなあ。

今にして思えば、父の、その一言こそが、私の中に、私が弟を護らなくてはならないのだという強い気持ちを芽生えさせる契機《きっかけ》となったのだと思う。

何がこれなのか。

父が玩《もてあそ》んでいたのは、弟の腕だ。

それは可愛い幼子の右腕だ。

私の弟の、父の息子の腕ではないか。

それが何だというのだろう。それは、それ以外の何でもないだろう。考えるまでもないことだ。いったい何がこれだというのか。

つまらないことかもしれないが、私は気になって仕方がなかった。

私の中の真っ黒な感情は、その一言に依《よ》って喚起されたものだ。

その聞こえない不協和音は、ずっと私の頭の芯《しん》に鳴り続け、その違和感は私の生活を脅かし続けた。

とはいうものの、父の様子がおかしかったのはその一瞬だけで、おかしいと感じたのも私だけだった訳であり、私の家族の日常はそれからもずっと、それまでと変わらない様子で続いたのであるが。

私の中に得体の知れぬ不安が宿ったこと――ただその一点を除けば、私の家は何不足のない、満ち足りた幸せな生活を送っていたと言っていいだろう。

弟はすくすくと育った。

本当に素直で良い子だった。

私は日に日に弟のことが好きになった。

両親に負けぬよう、必死になって世話をしたりした。

母はそんな私を見てやっぱりお姉ちゃんねと言って喜んだ。父も喜んでくれた。

いや、一番喜んだのは父だったろう。

褒められれば嬉《うれ》しい。

親が喜んでイヤだと思う子供はいないだろう。

でも、私は父が喜べば喜ぶ程、不安になった。

勿論その不安は明確なものではなく、表向きはやっぱり褒められて嬉しかったのだけれども、その嬉しさの裏側に、目に見えない滓のようなものがへばり付いているような気がしてならなかったのだ。

何だか——。

嘘くさい。この幸せ。

そう思っていた。

□

剣を持つ必要はないと父は言った。

「能《よ》く聞け作之進。桐生の嫡流は、決して――剣を抜いてはならぬが掟《おきて》なのだ」

作之進はその時正直混乱した。

桐生家はこの藩の剣術指南役ではないのか。

指南役が剣を抜かぬ道理があろうか。

「お言葉、解り――兼ねます」

「ここに神君《しんくん》よりの下《げ》知《ち》状《じょう》がある」

父は状箱を見せた。

「信じられぬのであれば、読むが良い」

「では桐生の剣は――御止《おと》め流《りゅう》だと――いや、しかし他流試合を禁ずる旨は耳に致しませぬが」

「他流試合が禁じられておるのは将軍家指南役である柳生《やぎゅう》流《りゅう》と、小野《おの》の一刀流《いっとうりゅう》が二流のみである。これをして御止め流と謂《い》うのだ。ただ、他流派の者に軽軽しく己《おの》が技を見せぬは武芸者の常套《じょうとう》、どの流派に於《おい》ても軽軽しく他流試合は致さぬものだ。我が藩も表向きは同様である。しかし――桐生の剣に関しては事情が違う。我が桐生の剣はな」

神君家康《いえやす》公直直《じきじき》の下《げ》により隠し御止め流とされたのだと、父は言った。

「門人を取ることは許されておる。門人の他流試合も禁じられてはおらぬ。ただ、免許皆伝はない」

「ないのですか」

「ない。師範代でさえ免許はない。宗家たる桐生の嫡流は、門人の前以外で刀を抜いてはならぬのだ。否、木刀の類《たぐ》いを手にすることも固く禁じられておる」

「な、何故《なにゆえ》」

「強過ぎるからだ」

父はそう言った。

「お待ちください。それは、柳生より――小野よりも強いということでございますか」

「柳生と小野が他流試合を禁じられたのは、負けてはならぬからである。指南役が負けたのでは将軍家の権威は失墜する。しかし柳生も小野も強い。簡単に負けはせぬ。それでも、もしや万が一と思えばこその御止め流よ。だが桐生家の場合は違う」

桐生の嫡子は絶対に負けぬと父は言った。

「絶対に――ですか」

絶対にだと父は断言した。
□

その日は運動会の振替休日だった。

私は四年生だった。弟は四歳か、五歳になったか、そのくらいだった筈だ。幼稚園に通っていたのだからそうなのだろう。平日の休みなので、私はのんびりと、慥《たし》か漫画を読んでいた。

母は買い物に出掛けていて、家には私一人きりだった。

買い物が済んだらそのまま弟のお迎えに行くと母は言っていたのだ。リレーで活躍したご褒美に、今日は私が好きなチーズハンバーグを作ってくれるらしい。ハンバーグは弟も大好きだ。きっと喜ぶだろう。

だから、私はその時、母の帰りを心待ちにしていたのだ。夕食も楽しみだった。

その夕食の材料と一緒に、弟も帰って来る。

ご飯の支度が出来るまで、弟と遊ぼう。

私は暢気《のんき》にそんなことを考えていた。

何をして遊ぼうか。一緒にビデオでも観ようか。弟はくまのプーさんが大好きで、いつも同じところで大笑いする。私はそれが可笑《おか》しいので、何度も同じところを見せる。その度に弟は転げ回って笑うのだ。転げ回って笑う弟が可笑しくて、私も笑う。そんな時は不安も感じない。本当に可笑しい。楽しい。幸せだ。

今日はこれから幸せになる。

それまでは、漫画を読んで待っていようと思った。

今日は弟をうんと可愛がってやろう。

弟は素直で、無邪気で、可愛がれば可愛がっただけ喜ぶ。姉弟喧嘩《きょうだいげんか》をしたこともない。喧嘩する理由がない。生意気な口も利かないし、乱暴もしない。私は、弟が好きだ。ハンバーグよりずっと好きだ。

そんなことを思いながら漫画のページを捲《めく》った。

そうしたら。

玄関が開いた。

チャイムも鳴らなかった。

母が忘れ物でもしたのかと思って出てみたら、違った。

父だった。

しかも父は弟を連れていた。仕事はどうしたんだろう。こんな時間に父が帰って来ることなんかない筈だ。

「もう随分過ぎてしまったなあ」

父はそう言った。
□

「我が剣は、柳生流にも一刀流にも決して負けぬだろう。必ず勝つ」

「刃を交えたことはあるのでございましょうか」

表向きはないと父は応《こた》えた。

「だが、桐生は勝った。それ故に柳生と小野は他流試合を禁じられたのだ。我が流派が勝ったからこその御止め流である。いずれも、桐生の剣には勝てなんだのだ」

「それでは――」

「それは古《いにしえ》の話ではないぞ。今もだ。我が剣は無敵なのだ。本来であれば、我が桐生家こそが将軍家指南役を仰せ付かるべきであったろう。武門の頭領たる将軍家にお仕えするに相応《ふさわ》しき技量を有しておるのは、乾坤《けんこん》の間《あいだ》に桐生の剣だけだ。だが――それはならなんだ」

「それは、何故《なにゆえ》」

「能《よ》く聞け作之進。桐生の剣は――流派ではない。余人に習得皆伝出来るものではないのだ。我が剣は、桐生の血を引く者にしか修めることの出来ぬ秘剣である。門人は大勢居《い》るが、誰一人極めることが叶わぬ。どれだけ修行をしようと真似は出来ぬ。否、同じ血統にあろうとも、伯父上などは話にならぬのだ。この強さは、嫡子ただ一人《いちにん》にのみ受け継がれるもの。従って、指南することは出来ぬのだ。ならば指南役は務まるまい。しかし」

負けはせぬ、と父は言った。

「だから刀を抜くことを禁じられたのだ。その見返りに、我が桐生家には永世、法外な禄と身分が約束された。将軍家にお仕えすることだけは叶わぬものの、いまお仕えしている藩がお取り潰《つぶ》しになったところで、他藩に召し抱えられることが確実に約束されておるのだ。神君の――お墨付きがある」

父は漸く、作之進に顔を向けた。

「だが」

「だが――何でございましょう」

「時は移ろう。幕府は――畏れておる」

「何を」

この腕だと父は作之進の目の前に右手を出した。

「誰にも負けぬこの剣の腕を、だ。しかしな、作之進。我等は幕府に弓引くつもりなど毛頭ない。この太平の世に、仮令《たとえ》どれだけ強かろうとも、高が剣一本で何かが成し遂げられるなどと考える程、愚かではない。しかしな、そう考えぬ者も居《お》る。畏れ多くも神君のお墨付きを反故《ほご》にしようと企《たくら》む者も居るのだ。だから」

儂は其方《そのほう》の腕を斬った、と父は言った。

□

父は台所に弟を連れて行くと、流し台の上に弟を載せた。

弟は何が始まるのか判っていない様子で、きょろきょろと辺りを見渡している。

勿論、私だって父が何をしようとしているのかは判らなかった。

父は、平素と変わらない様子で、ちょっとここにおとなしくしていなさいね、と弟に言った。それから背広を脱いでキッチンの椅子に掛けると、ワイシャツの腕を丁寧に捲《まく》って、母がいつもしているエプロンを身に着けた。

何。

何なの。

「すこしやりにくいなあ」

そう言うと父は弟を抱き上げて、風呂場《ふろば》に連れて行った。

私は。

何だか判らないまま、ただ物凄《ものすご》く不安になった。それまで裏側にへばり付いていた黒い不安が、心をくるりと裏返したみたいに表に現れた。その途端に、不安はみるみる大きくなって、私の心は真っ黒になった。

それまで聞こえていなかった不協和音が、まるで耳鳴りのように渦を巻いて轟々《ごうごう》と私の鼓膜を震わせた。勿論、実際には何も鳴ってなどいなかったのだろうが——。

私の耳には聞こえていた。

厭《いや》だ。厭だ厭だ厭だ。

音が途切れた。

わあとか、ぐうとか、そんな声がした。

「だめだめだめだめ」

私は、そう言った。

誰に向けてでもなく、ただそう言った。

そして、眼を閉じ、耳を塞《ふさ》いで、その場にしゃがみ込んだ。

母が戻るまで、私は台所の隅っこで石のようになっていた。

それからのことはよく覚えていない。救急車やら警察やらがやって来た。おじいちゃんとおばあちゃんがやって来て、私はそのまま祖父母の家に連れて行かれた。家を出る時、お風呂場が血だらけなのをちょっとだけ見た。その日はあまり眠れず、次の日に警察の人が来てあれこれ尋《き》いて行った。おばあちゃんはずっと泣いていた。

弟に会えたのは、それから四五日後のことだった。

弟はいつも通りの可愛い顔で、病院のベッドの上にいた。
□

「其方には天賦《てんぷ》の才《さい》がある」

父はそう作之進に告げた。

「何を仰せですか。この──」

作之進は右袖を押さえた。

中味のない袖は凡《およ》そ頼りなく萎《しぼ》み、左手はすぐに胴に当たった。

「お戯《たわむ》れは」

戯れではないと父は言った。

「己では判らぬことかもしれぬな。だが儂には一目で判った」

「一目で──」

「左様。生まれたての其方を見た時、儂は背筋が冷えた。この子は強くなる。長じれば必ず桐生の剣を極めるであろう。そう確信したのだ。勿論それは、桐生の長たるこの儂にしか判らぬことだろう」

「いや、しかし」

「其方はいずれ儂よりもずっと強くなる。儂を超えるということは、この国で一番強くなるということだ。其方は必ず無敵になる。無双になる。だからそうなる前に、儂は其方の腕を斬り落としたのだ。謀反《むほん》の意なしという、これは幕府への恭順の証《あか》しだ」

作之進は左手で空っぽの右袖をぐいと摑んだ。

「不服か」

そうせねば命を取られていたかもしれぬのだぞと父は言った。

「其方は――その右腕と引き換えに、永世の俸禄と家の安泰を手に入れたのだ」

感謝せいと父は言った。

「其方は何もせずとも良いのだ。桐生流は師範代に任せておけば良い。太平の世の剣術指南など、あの程度で良いのだ。藩士も、藩主でさえ真の意味での剣術を欲してなどおらぬ。我等は飾りだ。ならば飾られていれば良いこと。放っておけば師範代は次の師範代を選ぶ。その者の指導の下、大勢が無駄に棒っきれを振り回す。其方はそれを眺めていれば良い」

確《しか》と心得よと、父は怒鳴った。

「生涯剣を持つな。刀を抜くな。尤《もっと》も――ない腕では抜けもせぬであろうがな」

「父上」

嫁は取ってやると父は続けた。

「儂に任せておけば良い。今まで通りにしておれ」

余計なことを考えず、ただその身分に甘んじておれば良いのだと、父は結んだ。

□

父は逮捕されたが、心神喪失状態と判断されて病院に入れられた。

当然のことだろう。寧《むし》ろ狂っていたとしか思えない。

いいや狂っていたのだ。

弟の右腕は繫《つな》がらなかった。

包丁で目茶苦茶に切ったらしく、切断面はミンチのようになっていたそうだ。

何が何だか解らなかったのだろう。痛かったと思うけれども弟は泣きもしなかった。

母は、まるで人が変わったかのように打ち沈み、廃人のようになってしまった。これも当たり前だろう。突然、何の前触れもなく夫が愛児の腕を斬り落とすなどという非常識な事態は、予想出来ることではない。

私も暫く学校を休んだ。

先生や、いろんな人が入れ替わり立ち替わり現れて、慰めてくれたり励ましてくれたりした。

ありがたい話なのだろうけれど、あんまり嬉しくはなかった。

可哀想なのは私じゃなくて弟だ。

ショックだろう辛《つら》いだろう驚いただろうと、みんなが言った。

お父さんはおかしくなっていたんだよ、普通じゃあなかったんだ病気なんだと、みんなが言った。

だから早く忘れて元気になってねと言った。

忘れられる訳がないだろう。

弟の腕はなくなってしまった。

一生ないのだ。

それに。

私は、どうやら父が弟の腕を斬り落とそうとしていることを——。

知っていたのだ。

ずっと前から知っていたのだ。そうに違いない。だから不安だったのだ。

あの時——おむつを換える父の様子を見て私があれ程不安を掻《か》き立てられたのも、知っていたからではなかったのか。いいや、必ず知っていたのだ。だから護ろうと思ったのだ。そのつもりだったのだ。知っていて私は、弟を護ってやることが出来なかったのだ。

それが悔しかった。

母は、何もしなくなった。ご褒美のハンバーグは食べられなかった。もう一生食べられないだろう。

一年半くらいして、父は帰って来た。
□

違う。

間違う違う。

父は嘘を吐《つ》いている。

そんな疑念が作之進の中に涌き上がった。

円窓の向こうには大輪の百合が咲き誇っている。

元服の夜から、作之進はずっと考え続けてきた。来る日も来る日も考え続けた。

父の言は、一考するに筋が通っている。

桐生の家に神君のお墨付きが与えられていることも真実のようだった。

また、代代免許皆伝者が居ないことも事実だった。更には、幕府の中に桐生家の待遇に就いて異を唱える者が居ることも、どうやら本当であるらしかった。

此《こ》の上なく莫迦莫迦《ばかばか》しい邪推だろう。

謀反など起こす筈もないのだ。

起こしたところで何も出来まい。

父の言う通り桐生の剣が天下無双であるのだとして、強いのは父一人ということになる。それでどうしろというのか。どれだけ強くとも、真に無敵であったとしても、それは一対一でのことだ。何人切り倒そうとも、何十人に勝とうとも、一人で軍勢を平らげることなど出来はしないのだ。

それでは、仮令《たとえ》倒幕の意があったとしても何も出来ぬ。何の役にも立たぬ。武芸が世の中を動かせる時代は疾《と》うに終わっている。否、そんな時代はなかったのだ。どれだけ剣の腕が立とうとも、それは人殺しが上手だという以外の意味を持つものではない。

いつの世であっても。

だから――申し開きは幾らでも出来ただろう。ただ、証しはない。疑われれば藩主にも累が及ぶ。幕府は諸藩が余計な力を持たぬよう、常に虎視《こし》眈眈《たんたん》と狙っているのだ。些《さ》細《さい》なことで言い掛かりをつけ、石高を削り国替えをし、時にはお取り潰しにする。それが今の世の習いである。

嫡子の腕を斬り落とす。

大層な証しにはなるだろう。

でも違う。それは虚偽だ。大義名分は、単なる言い訳だ。

そんなことじゃないのだ。

□

作之進は百合の花を見詰め乍《なが》ら、確信した。

その頃、家のことはすべて祖母がやっていた。

母はずっと部屋に閉じ籠《こも》っていた。

最初のうちは泣いていたみたいだが、やがて涙が涸《か》れたのか、泣くのを止めて無表情になった。ふらふらと出て来ることもあったが、台所や刃物を見ると気が狂ったように叫んで、寝室に逃げ込んだ。風呂に入るのも嫌がった。祖母が身体を拭《ふ》いてやっていたようだ。

母は壊れてしまった。

この世界は、既に母の理解出来る世界ではなくなっていたのだろう。

当然、母は弟の世話もしなくなった。弟は腕がなくなってしまったというのにそんなに変わらなかった。尤もそれは私の前だけのことで、他の人の前ではあまり口を利かなくなってしまったらしい。私は出来るだけ時間を作って弟の世話をした。友達はみんな中学受験の準備に入っていたけれど、塾に行く余裕はなかった。

我が家には収入もなかったのだ。

学校もつまらなかった。イジメられたり無視されたりすることこそなかったが、やはり距離は置かれた。

仕方がないだろう。

私の父親は意味なく子供の腕を切り落とした狂人だ。私自身は何もしていないし、寧ろ被害者に近いのだけれども、それでも私は、狂人の娘ではあるのだ。

同情してくれる人は多かったのだが、それでも親切の手を差し伸べてくれる人達の眼にこいつは狂人の娘なんだという色眼鏡が掛かっていなかった訳ではない――と思う。色眼鏡故の同情というのも多かった。

どうでも良かった。

父が退院して来たのはそんな頃のことだ。

凶暴性はない。そう言われた。

強度のストレスが原因――なのだそうだ。暫くは休養させるようにと言われた。

馬鹿じゃないかと思った。

どうやって休養させろというのか。

腕を斬られた弟と、その腕を斬った狂人の父と、そのお蔭《かげ》で廃人になってしまった母とが一つ屋根の下でのんびり休養出来ると思う方がどうかしている。

父は、昔と同じようにただいまと言って普通に帰って来た。

そして、弟を見るやいなや、

「片方ではまだ足りないんだよな」

と、そう言ったのだ。

□

「父上は私が怖かったのでしょう」

作之進はそう言った。

「慥《たし》かに——私には天賦の才がある。赤子の時分にその資質を見抜かれたはお見事。だが父上、父上は真情を隠されていらっしゃる。尤もらしい大義名分を掲げることで、ご本心を糊塗《こと》していらっしゃる。違いますか。違いますまい。父上は、やがて才を発揮するだろう私に、嫉妬されたのではないのですか。私はそのうち自分より強くなる。そうなれば自分は日の本一の武芸者ではなくなってしまう。あなたはそれが厭だった。許せなかった。だから私が怖かった。そうなのでしょう」

返事はなかった。

「隠し御止め流は決して世の中の表舞台には立つことが適《かな》わぬ身分にございます。仰せの通り、桐生の家は徳川《とくせん》の世が続く限り永世安泰ではあるのでしょう。しかし裏を返せばそれだけのもの。武勲を立てることもならず、出世も栄達もない。これ以上の誉《ほまれ》を授かることは、決してない。あなたの拠《よ》り処は、だから己の剣の腕だけだった。自分は強い、誰よりも強い、日の本で一番強いのだと、そう思うことで——否、そう思えなければ、あなたは生きてはいられなかった。そうでしょう。だからあなたは、自分を超える者が現れるのが厭で厭で仕方がなかった。怖くて怖くて仕様がなかったのでしょう。違いますか」

だから腕を斬ったのでしょうと作之進は父の耳許《みみもと》で囁《ささや》くように言った。

「答えられませぬか。そうでしょうね。もう声も出せないでしょう。あなたはもう駄目ですよ。何が天下無双ですか。抜かずにいるうちに弱くなってしまったのですか。衰えてしまったのですか。いや——でもあなたの眼だけは確かでしたよ。私はあなたより強い。何の修行もせずとも、こうしてあなたを」

斬り伏せることが出来ると言って、作之進は父に二の太刀《たち》を浴びせた。

血潮が顔にかかった。

父の右腕が落ちた。

「無駄でしたな父上。私の利き腕は左だったようです。斬るならば、両腕を斬っておくべきだった。いいや息の根を止めておけば良かったのですよ。赤子を屠《ほふ》ることなど簡単だ。剣を抜く必要もなかったでしょうに。保身だの栄華だの、つまらない虚栄を抛り処にしなければ生きられないような腑《ふ》抜《ぬ》けなら、そうするべきだった。いいや、そんな腑抜けだからこそ、殺せなかったのでしょうか」

「ち、違う。お前は、我が」

父が最後まで言い切る前に、作之進は父の首を刎《は》ねた。

□

そのまま、父は前のめりに倒れた。

玄関に血溜《ちだ》まりが出来ていた。

何だか、呆気《あっけ》ない。抵抗もされなかった。

でも、まだ駄目だ。これでは駄目だ。安心出来ない。

私は父の重い身体を何とか裏返して、腹に突き立った包丁を抜いた。

噴水みたいに血が噴き出て、ワイシャツがみるみる真っ赤になった。

父は金魚みたいに口を開け閉めして、はうはうと、息だか声だか判らないものを発した。

私はその首に、包丁の切っ先を当てて、ぐいと体重をかけた。

包丁は父の首にめりめりとめりこんだ。

もう一度体重をかける。

それから、柄《え》にハンカチを巻いて握り直し、力一杯引いた。抜けなかったので前後に刃を動かした。

どくんどくんと、赤黒い血が迸《ほとばし》った。

思うようには動かない。

三度目に包丁は抜けた。

真っ赤というか真っ黒というか、どうなっているのか判らなかった。

父は、死んだ。

「間違ってるんだよ。お父さん」

私はそう言った。

台所から片腕の弟が見ている。

寝室のドアを開けて、廃人の母さんも見ている。

久し振りに家族が揃った。揃った途端に一人欠けたけれど。

とても静かだった。

もうすっかり壊れてしまったけれども、これでもう不安はない。希望も未来も幸福もないけれど、少なくとも不安はない。得体の知れないドス黒いものは、もう消えた。あるのは血に染まった絶望だけだよ、父さん。

祖母が警察を呼んだのかな。

まあ呼んだのだろうさ。

「斬るなら私の方だったよ」

私はその時、そう言ったらしい。

意味は自分でも解らなかった。
□

乱心した桐生作之進は駆け付けた家人に次次と斬り付け、そのまま屋敷を出奔し、城の方に駆けた。報《しら》せを受けた門人や役人が取り押さえるべく跡を追ったが、作之進は激しく抵抗し、結局城に至る途中で落命した。

従って作之進が何故《なにゆえ》父を惨殺するに及んだのか、知る者は居ない。

作之進を捕縛しようとした侍は延べ三十余名、うち十五名が負傷し、九名が命を落とした。

高高十六歳の、しかもそれまで剣を握ったこともないひ弱な隻手の若造が、それだけの大立ち回りをしたのである。

俄《にわか》には信じられぬことだろう。

鬼となったか。

いいや、元より鬼であったのかもしれぬと、城下の者は噂した。

この刃傷《にんじょう》事件の波紋は親類縁者にも累を為《な》した。同じ藩で禄を食《は》んでいた桐生の分家は本家不始末の責を問われ、作之進の厳格な大伯父は切腹、家名は断絶となった。

これによって桐生家は絶えた。

記録も抹消されてしまったらしく、公式なものは何も残っていない。

菩提寺《ぼだいじ》の過去帳にも、作之進の名はないという。

ただ桐生家の屋敷跡には、鬼とだけ記された石碑があったそうである。

誰が建てたものか。

石碑の下には作之進の亡骸《なきがら》が埋めてあるのだとも、父親の首級を埋めたのだとも言われていたようだが、明治の中頃になくなってしまったそうである。

作之進は、鬼だったのか。

鬼になったのか。

私は、そんなことはないと思うのだけれど。

だって私は人だから。

鬼情《きじょう》

上田秋成　雨月物語・青頭巾より

読むのだろう。

　あなたに問う。
　慈しみに限りと云うものはあるか。
　惜しみなく、見返りもなく、与えるべきものなのではないのか。
　愛と云う文字がある。古くはかなし、と読んだそうである。この頃はいとおしい、と
　かわいがり、大事にし、守る。そうした慈しみ愛《いと》おしむことをして、慈愛と謂《い》う。慈
愛の心を以《もっ》て他者と接することをいけないことだと謂う者はおるまい。
　慈愛に満ちた言葉を他者に向けて投げ掛けることで、他者を励まし、温め、許し、助
け、豊かな心へと導くことも出来る。そうした言葉を愛語と謂う。愛語を発するのは、
菩薩《ぼさつ》の行なのだ。菩薩の行に、これでよい、などと云う限度があるか。ある訳がない。
　どこまでも強く。
　どこまでも深く。
　どこまでも高く。

いつまでも。
永遠に。
人を慈しみ、愛おしむことがいけないと云うのか。
慈しみ過ぎるとか、愛おしみ過ぎるなどと云うことがあるものか。
何を基準にすると云うのだ。
そのような半端な慈愛があるものか。
菩薩の行は無限に為《な》されるべきだろう。
そんなことを云えるのは、人の心を持たぬ——鬼だけだ。

他者を想い、大切にする心に限りはあるまい。
それは惜しみなく、見返りもなく、与えるべきものである。
だがしかし。
他者に歓《よろこ》びを与えるのは慈の心である。
他者の苦しみを取り除くのは悲の心である。
これを併せて慈悲と謂う。
慈悲の心を持つことを戒める教えなどはないだろう。
また、慈悲の行いに限度などはあるまい。
ただ、愛はどうか。

愛とは執着である。そして欲である。
愛欲に溺《おぼ》れることと慈悲の心を持つことは、まるで違うことではないか。
お前は、ただ一人の者に執着し、剰《あまつさ》え愛欲の業《ごう》に取り込まれて、
無明《むみょう》の境涯に陥りたる無分別者でしかないではないか。
その、いったいどこが菩薩の境涯であろうか。縦《よし》んばそうであったとして、
菩薩の行は大衆に向けて為されるものである。
衆生《しゅじょう》を救わず教化せず、徒《いたずら》に惑わし畏怖《いふ》の心を抱かせるだけの慈愛などあろうか。
菩薩どころか、人でもない。畜生にも劣るではないか。
そんな仏者《ぶっしゃ》がいるものか。
お前の如き者が仏弟子を名乗ることは許されない。
慈愛だ菩薩だと詭弁《きべん》も甚《はなは》だしい。
そもそもお前は、そのたった一人にさえ何も与えてはいない。
己が愛していると云うその者は、お前にいったい何を貰《もら》ったか。お前の愛語は、
その者を救ったのか。許したのか。導いたのか。
お前は果たして何をしたと云うのだ。
己が欲しているのは肉である。
愛とは情欲である。
そんな振る舞いをする者こそ、人の心を持たぬ——鬼ではないか。

愛する者をどこまでも愛することの、どこが鬼なのか。

愛とは情欲などではない。

それは人の持つ、根源的な感情、そして衝動ではないのか。

親が子を愛するように、無償で人を愛する——そうしたことは一切ないと云うのか。

愛すること即《すなわ》ち性愛であるとする方が、余程偏っているのではないか。肉欲を是《ぜ》とせぬまでは良いとして、凡《すべ》てを肉欲に結び付けるあなたの方が、性に縛られているとは云えまいか。

肉なき愛もある。

否、それこそが真の愛である。慈しみと結びつく、慈愛である。

異性であろうと同性であろうと、そうした気持ちに変わりはあるまい。

仏弟子とて人である。

人であるなら、そうした想いは必ずある。

ない訳がない。それを押し殺してしまうことが正しい仏の道なのか。消してしまうことが善きことなのか。

どのような悪人であろうとも、道に外れた者であろうとも、そうした真実の慈愛は心の奥底にあるものだろう。それを導き出すことが仏者の役割ではないのか。その、仏者自身が、それを覆い隠し押し潰《つぶ》し、剿え、なくしてしまえとあなたは云うのか。

あなたは修行を積まれた徳の高い僧であるらしい。
ならば、あなたにはそれがないのか。
覆い隠し押し潰し、なくしてしまったと云うのか。
そうすることが修行であるなら、それは何のための修行なのか問いたい。
仏の道を行くことは、人の道から外れると云うことなのか。
成仏するとは、人でなくなると云うことなのか。
慈愛なくしては、仏道も歩めぬのではないのか。
人と仏の道は違う方向へと延びる道なのか。
もしあなたにそれがないと云うのであれば。
あなたこそ鬼である。

執着を絶つことで人が人でなくなると云うのであれば、それは正にその通りではあるだろう。生きることそれ即ち執着であると考えるなら、慥《たし》かに成仏とは人の道に非《あら》ずと云うことになりもしよう。

生き物は、生に固執することで生きる。生きるために必要なものと云うのはあり、生き物はそれを求める。そう云う意味で、愛と云う感情、衝動は、人にとって慥かに根源的なものではあるのだろう。

ただそれは、息を吸い水を飲み飯を喰《く》うのと同じものである。

いずれ苦しくて求めるものであり、
渇いて求めるものであり、
飢《かつ》えて求めるものである。
求めても求めても足りることはない。
どこまでも求め続けるならば、そして過剰に求め続けるならば、それはもう欲である。
渇愛とは煩悩に他ならぬのだ。愛する者をどこまでも愛すると云うのなら、
それは、お前が永遠の渇愛に囚《とら》われていると云う意味でしかないではないか。
世に永遠などない。
諸行は無常である。
人の世などは果無《はかな》いもの、一瞬にして消えてなくなる泡の如きものである。その泡を、
いつまでも留《とど》めておこうとすることのどこが慈愛か。
お前は詭弁を弄《ろう》して己を正当化しているが、
煩悩に衝《つ》き動かされているだけではないのか。
色界は即ち是《これ》、空《くう》なりと知れ。
そして空は即ち是、色《しき》である。
それを知ることなく、どこまでも色界の執着に拘泥《こうでい》するなら、
それは仏の道でもないし、人の道でもない。

魔道は仏道を妨げるが、お前の歩む道は仏道どころか人の道さえ阻むものである。

いや、お前は道など歩いてはおらぬのだ。

そこに留まり、永遠に煩悩の虜《とりこ》となって在《あ》る気か。

それを、鬼と云うのだ。


あなたは永遠などないと云うのか。

慥《たし》かにこの現世《うつしよ》は有限である。

有限の世に在るものは、
終わる。

消える。

なくなる。

此《こ》の世に在る凡てのものは、ひとつの相に過ぎぬのだろう。

それは移ろう。現れては消える。凡ては空である。

色に惑うは愚かなことである。

だからこそ。

だからこそ、愛を信ずるのだ。

それが執着であるならそう呼べば良い。煩悩であるならそう呼べば良い。愛を信ずる者は仏弟子に非ずと云うのなら、それでも構わない。それならば仏者をやめよう。

どの道も歩んでおらぬと云うのなら、それでいい。

ここに留まることの何がいけないのか。

永遠にここにいられるならば、そして永遠の愛を感じていられるならば、それで良い。

もう、それで良い。

このまま、この身が朽ち果てるまでここに留まろう。

動くものか。

そうすれば——我が慈愛は永遠となる。

あなたにそれを邪魔する権利はない。力もない。既に仏者ではない者に説法は要らぬ。

どのような者でも教化出来ると思うならそれは驕《おご》りだ。仏に帰依し、修行を重ね、悟りを啓《ひら》いたこの身を、これ以上どうやって説く。どうやって導く。

どのような言葉も届かぬ。

どんな法力も、どんな霊験も効かぬ。

あなたの言葉は——鬼の言葉にしか聞こえぬからだ。


言葉などどうでも良いのだ。

言葉で伝わるものなどない。それが我が宗の教え。

法力も霊験もない。そうしたものは普《あまね》く方便である。

お前の邪魔をしようとは思わぬし、お前がどうなろうと知ったことではない。

救うべきは、お前を畏《おそ》れる衆生である。お前を忌み嫌う無辜《むこ》の民である。
従ってお前をこのままにしておく訳にはいかぬのだ。
朽ちると云うなら朽ちるが良い。動かぬと云うなら動かねば良い。
ただ、滅ぶなら今この場で滅べ。
お前はどうなっても良い。
お前がそうしている限り、お前を知る凡ての者の心が曇る。不必要な畏怖は、
正しき在り方を阻むだろう。そして、お前の執着を一身に受けた者もまた、
安らかにはなれぬだろう。
お前が永遠になると云うのなら。
その者も永遠に安寧は得られぬ。
それで良いのか。それがお前の云う慈愛か。愛する者を永遠の虜囚《りょしゅう》とし、
いたぶり貶《おとし》めるがお前の慈愛か。
そうだと云うのなら、それは決して見過ごす訳には参らぬぞ。
お前は仏者をやめたと云うが、お前の愛する者は仏弟子である。
お前が何と云おうが、それは変わらぬ。
お前はお前でしかなく、お前の愛する者はお前ではないのだから。
成仏せんと欲する者まで苦界《くがい》に留め置こうとするのか。
それは、お前の単なる身勝手ではないのか。

お前はお前がそうしたいからそうしているだけではないか。

己の欲の赴くままにして、得手勝手な理屈を並べておるが、

そんなものは通用しない。

その者が生きておったなら、万が一お前の詭弁で感化することも叶《かな》ったやもしれぬ。

だがそれは叶わぬ。彼《か》の者の意志を知ることは未来永劫《えいごう》出来ぬ。

彼の者は、もう死んでいるのだ。

死んだ者を束縛しようなど――鬼の所業以外の何ものでもあるまいに。

死者を愛してはいけないのか。

死者を敬うことのどこが鬼の所業か。

生前に愛した者を、死後にも愛し続けることがいけないことか。

少しもおかしくないではないか。いや、死んでしまったからこそ永遠に愛せるのではないか。移ろい行くこの無常の世の中で、永遠があるとするならば、それは死だけだ。

仏者をやめた者に輪廻《りんね》を説いても始まらぬぞ。

成仏も解脱もあるものか。

この者の魂は永遠に我とともに在るのだ。我が身が朽ちても、我とともに在る。

それこそ永遠ではないのか。

そう、もう仏者ではないのだから気取ることはない。

好きだった。

そうよ、欲よ。

肉欲よ。

しかしそれだけではない。

心が通じておらねば、これ程までに狂おしい感情などが涌《わ》き出るものか。

心の底の、奥の深くの、ずっとずっと遥《はる》か遠くの、感じることも出来ない程に下の方から、まるで強い力で突き上げるように、それは強く強く涌き出て来たのだ。

好きだ。

好きだ好きだ好きだ。

だから全身全霊をかけて愛したのだ。

愛したから、通じたのだ。

いや、通じ合ったのだ。

心の底から愛する者と情を交わして何が悪い。

肉の交わりは、強い情の顕《あらわ》れに過ぎない。

好きだ好きだ好きだ。好きだったのだ。

それを破戒と呼ぶか。慥《たし》かにその時は仏弟子だった。しかしもう違う。

鬼の戒めなどに耳は貸さぬ。

死者を慈しむこと、敬うこと、それは即ち生を慈しむこと、敬うこと。

お前にはそのような気持ちは微塵《みじん》もあるまい。

仏者であるかないかなど、既にして関係のないことと、幾度申せば判るのだ。

お前はただ肉欲に囚われて行者《あんじゃ》を弄《もてあそ》んだだけではないか。

それを愛などと、妄執甚だしいとしか言い様がないではないか。相手が誰であろうと、それは女犯《にょぼん》と変わりなきこと。たとえ仏者でなかったとしても、姦淫《かんいん》は姦淫、しかも力なき者を組み伏せて犯すなどと云う愚挙が許される訳がないではないか。

どこが慈愛か。何が慈しみか。

愛し合った情を交わしたなどとお前は云うが、それはただの思い込みだ。

彼の者がお前にどれ程執着していたか、お前に判るか。判る筈《はず》もないではないか。

彼の者が強く懊悩《おうのう》していたことは明らかである。

尊敬すべき高僧と敬っていたお前に陵辱され、

のみならず関係を続けることを強要され、

彼の者がどれだけ苦しんだか判らぬと云うのか。判らぬ筈はないではないか。

彼の者は、苦悩の揚げ句に体を毀《こわ》し、衰弱して落命したのだ。

その、命の燈火《ともしび》が消えかけている彼の者を、

お前はどうした。

お前は病み付き死にかけている彼の者を、幾度も犯したのであろう。

人の所業ではない。

断じてない。

彼の者を殺したのはお前自身ではないか。

お前にどれだけ浅ましい情念が涌き上がったのかは知らぬが、その爛《ただ》れた心が、爛れた心による非道な行いが彼の者を殺したのである。

正しく悪鬼羅刹《らせつ》の行いではないか。

それで飽き足らずに死して後まで彼の者を束縛しようとは、
どれだけ罪深い行いをすれば気が済むのか。

お前はもう、鬼以外の何ものでもないではないか。


そう。

彼の者は病に斃《たお》れた。

彼の者の病床でどれだけ煩悶《はんもん》したか。人の心を持たぬあなたには解るまい。決して解るまい。愛する者の身を案ずることがどれだけの苦痛か、それは愛を持たぬ者には解りはしないのだ。

辛《つら》かった。

辛い辛い辛い辛い。

しかし、彼の者はもっと辛かったのだ。苦しかったのだ。

だから愛してやったのだ何が悪いか。それ以外に何が出来ると云うのだ。それでも彼の者は死んだ。

死んだ死んだ死んだ。

もう動かない。もう話さない。眼は何も見ず鼻は何も嗅《か》がず耳は何も聴かない。

こんな悲しいことがあろうかこんな辛いことがあろうか。

あなたの云う通り、彼の者が何を思っていたのか、何を望んでいたのか、それは判らぬ。

判らぬが、それでも愛はあったのだ。

あったのだあったのだ。

思い込みではない。あなたに何が判ると云うのか。あなたにも判らないだろう勝手なことを云うな。彼の者が苦しんでいたと云うならそれは愛故だ。愛を捨てろ愛をなくせなどと云う莫迦《ばか》な教えに搦《から》め捕られていたからではないか。彼の者を苦しめたのは、仏ではないか。

仏の所為《せい》ではないか。

そして何よりも——ただひとつ確実なことは、悲しかったと云うことだ。

愛する者を失った悲しみが解るか。彼の者はもう永遠に帰ってこない。だから永遠に愛するのだ何がいけない好きだ好きだ好きだ苦しい苦しい苦しい辛い辛い辛い。

どこかに失《う》せろ。人でなしの鬼め。

辛かったから。
悲しかったから。
永遠に愛したかったから。
だから埋葬もしなかったのか。
荼毘《だび》に付すこともしなかったのか。
屍《しかばね》を掻《か》き抱き、撫《な》で擦《さす》り嘗《な》め啜《すす》ったのか。
それが、お前の云う愛すると云うことなのか。
菩薩の行だの愛語だの慈愛だの好き放題に云うておったが、それは屍を犯し、
屍の肉を食《は》み、腐汁を飲み干し、骨を齧《かじ》り喰い尽くすことなのか。
お前は、愛する者をいたぶって殺し、その骸《むくろ》を喰らっただけだ。
それはもう人ではない。
鬼だ。
鬼だ鬼だ。
お前が鬼だ。
人でなしはお前ではないか。これ程までに罪深い行いが他にあろうか。
これ程までに業の深い行いが他にあろうか。
これ程までに恐ろしい行いが他にあろうか。

これ程までに――。
人を超えた行いが、他にあろうか。お前が鬼でなくて何だと云うのだ。
お前は彼の者の死骸《しがい》を喰らうに飽き足らず、夜な夜な墓を掘り起こし、
新仏を掘り起こして喰っていたのではないのか。
それが鬼でなくて何だと云うのだ。
今すぐに滅びよ。人でなしの鬼め。

為すがままに。
あるがままに。
為すがままに。
あるがままに。
江月照《こうげつてらし》　松風吹《しょうふうふく》。
永夜《えいや》清宵《せいしょう》　何所為《なんのしょいぞ》。
月が入り江を照らすが如く、松の間を風が吹き抜けるが如く。
永き夜、清らかな宵は、何のために、何によって齎《もたら》されるものか。
何のためでもないだろう。それは、そのようにあると云うだけのもの。意味はない。
あるようにある、あるがまま。
そう、だからあるがままに振る舞ったのだ。為すがままに身を任せたのだ。

愛して殺して喰った。

為すがままに。
あるがままに。
為すがままに。
あるがままに。
江月照《こうげつてらし》 松風吹《しょうふうふく》。
月が入り江を照らすが如く、松の間を風が吹き抜けるが如く。
永夜《えいや》清宵《せいしょう》 何所為《なんのしょいぞ》。
永き夜、清らかな宵は、何のために、何によって齎されるものか。
何のためでもないだろう。
己のためでもない。
人のためでもない。
ならば己の我欲を通すことなど、それで他者を屠《ほふ》ることなど。
あってはならぬことだ。
己が鬼か。
お前が鬼か。
あなたが鬼か。
私が鬼か。
鬼は。

「鬼は――どうなったのでございましょう」

「扠《さて》、拙僧もその後のことが気になりましたので、こうして立ち寄ってみたのだが、その口振りでは拙僧が山を下《お》りてより後は、何も起きてはおらぬ様子。平穏であったのでございましょうかな」

「はい。禅師様が山からお戻りになってよりこちら、墓が荒らされることもなく、あの恐ろしいものが山から下りてくることもなくなったようでございます。里人も皆、大事なく暮らしておりますれば、禅師様には感謝の言葉もござりませぬが、ただ」

「ただ何でございましょうかな」

「ただ、果たしてあの恐ろしきものがどうなっておるものか、それが一向に判りませぬ故、枕を高《たこ》うして眠れぬ毎日ではござりました。その日一日何ごともなく過ごしたと致しましても、明日のことは知れませぬ。愚民故の杞憂《きゆう》でもござりましょうが、今日は来るか、明日は来るかと思えば足は竦《すく》む身は震える。結局以前と同じく、戸を固く閉ざしまして、恐れ戦《おのの》く毎日。気が付けば一年が過ぎようとしておりまするが――」

「なる程。災厄自体はなくなったものの、皆様方のご懸念ご不安は取り除かれてはいないということでございますかな」

「はい。そうでござりまする」

「それはいけませんでしたな。配慮の足りぬことでございました」

「何を仰《おっしゃ》いまするか。元より禅師様はこの郷を通り掛かられただけのお方。その旅の御坊を、鬼めと間違え打擲《ちょうちゃく》せんと致しましたるは、偏《ひとえ》に私どもの不始末。そのような失礼を致しましたにも拘《かかわ》らず、禅師様はお瞋《いか》りになるどころか、私どものためにあの恐ろしき山に単身登られ、鬼めをば封じてくださったのではございませぬか。それを配慮が足りないなどと、そんなことを仰せになられたのでは、申し訳なく上げる頭がございません」

「いやいや、皆様のお心を安《やす》けくするが仏家の役目。衆生の苦しみ恐れを取り除けずに何の出家か、何の修行か」

「勿体《もったい》ないことでございます」

「いや――それに加えて、あの鬼めは元は高僧。宗旨こそ違いまするが、拙僧と同じ仏弟子には違いない。その仏弟子が、聞くに堪えぬ程の浅ましき所業を為しているとあらば、同じ仏門にある者として放っておくことも出来ますまいて。当然のことをしたまでのこと。礼を云われるまでもございません。しかし、結局この里の皆様のお心が、安寧を取り戻せていないと云うのであれば――」

「いえいえ、それも我等が臆病《おくびょう》の所為《せい》にございます。下りては来ずとも死んでいるのか生きているのか、恐ろしゅうて恐ろしゅうて様子を確かめに参ることも叶いませぬ。もしもあのまま、あの荒れ寺に生きて、居《お》るのだとしたら、そう考えただけでもう――山に近寄ることも出来ませんのです」

「そうでしたか」

「はい。禅師様はもう心配は要らぬと、そう仰せでございましたでしょう。ただ、あの恐ろしいものがどうなったのかは——お教えくださいませんでした。これが豪傑であれば、首を刎《は》ねたの打ち殺したのと云うことになるのでございましょうが、徳高き禅師様がそのような野蛮なことをなさる訳もなく、かといって、あの恐ろしいものは人の話を聞くようなものではございませんでしょう。ならば、法力でお封じになったか、霊験で滅却せしめたか——」

「そんな大層なことは出来ませんよ。話をしただけです」

「話を——されたのでございますか」

「ええ。話を聴く耳はありました。理性も知性もあるのです」

「あのような——人喰いにでございまするか。墓を掘り起こし、仏様の皮《しかばね》を嘗め、臓腑《ぞうふ》を喰らい骨をしゃぶるような、そんな鬼めに、理や知がございまするか」

「ええ。仏の教えを捨て人の倫を外れて鬼と成り果てようとも、元は僧侶《そうりょ》。しかもかなり位の高い学僧であったようでございましたからなあ。話は通じました。ただ、拙僧の姿が見えぬと云った」

「見えぬ——と」

「いや、見えてはいるのです。ただ見ていない。見たくないのでしょう」

「能《よ》く判りませせぬなあ」

「お解りいただくのは難しいやもしれませぬなあ。拙僧があの山の廃寺を訪れましたのは、丁度一年前の秋。着いたのはまだ陽のある刻限でございました。そこで拙僧は一夜の宿を乞《こ》うたのです。すると彼の者は、見た通りの荒れ寺であるから宿も取れぬし食べるものもない、荒れ果てた場所には良くないことが起こるから帰った方が良いと、まあ丁寧にそう云うたのでございますよ。拙僧に立ち去れと警告した。つまりは、人の心が残っておったのですな」

「ほう。そう——でございますか」

「ええ。思うに、そのまま一緒にいれば喰ろうてしまうかもしれぬから、早く帰れと云うことだったのでございましょう。生きている者、しかも坊主を喰うのは厭《いや》だったのかもしれませぬな」

「恐ろしいことでございます。しかし、厭ならば喰わねば良いだけのことではありませんかな」

「ええ。厭なのに、喰ろうてしまうのでございましょうな。抗《あらが》い難《がた》い何かが、彼の者に鬼の所業をさせるのでございましょう。つまり、抗う心はあるのです。心を罔《な》くしてしまっておるのなら、警告などせず喰うていたでしょう。拙僧は喰われていた。そうならば、もうどうしようもないと云うことになるのでございましょうがな、そうではないのです。で、そんなことを云うものですからね、拙僧は戻らぬと申しました。するとまあ好きにしろと云うのです。ですから、夜明けまで座っておりました」

「座禅——でござりまするか」

「いえいえ、座っていただけです。しかし何もされませんでした。見えなかったとあのものは云った。愛欲に溺れなければひとかどの僧となっていたであろう者です。喰いたければ喰えと申しましたところ、突如低頭しましてなあ。教えを乞うて来ました」

「教えを——あの鬼がでござりますか」

「あの鬼がでございますよ」

「信じられませんなあ。そこで、禅師様は——」

「教えることなどございませんよ。拙僧はあのものを悟らせ得るような、高僧ではございません。この齢《とし》になっても自ら悟ることすらままなりませんのですからなあ」

「いやしかし禅師様。事実、あの日からぴたりとあの鬼めは山から下りて来なくなったのでござります。そう云う意味では心配はなくなったのでござりまするが——いずれ禅師様はあの鬼に何かをなされた筈でござりましょう。何もせずにあの鬼の所業が止《や》む筈もないではありませぬか。いや——里の者はあれこれと勘繰るのです。封じられたか滅せられたか、もし封じられたのなら、封印が解ければいずれ出て来よう、そうでないなら」

「いやいや、封じてなどおりませぬ。況《いわ》んや滅することなど出来る訳もない。実を申しますとその時、拙僧は彼の者に証道歌《しょうどうか》を二句与え、それを解いてみよと、そう申したのですよ。それだけです」

「歌でござりまするか」

「ええ、ええ。教えることは叶わずとも、考えさせることは可能でございましょう。そう思うた。正直、拙僧もその歌の示すところは解らなかったのでございますよ。だから同じく考えようと、そう云うつもりでございました。あのものはその場に座り、考え始めた。拙僧も考えつつ、山を下りた。それだけなのでございますよ」

「すると――あの恐ろしいものは」

「はい」

「禅師様の出された問いを――」

「ええ、真剣に考えておりましたな。ぴくりとも動かずに、只管《ひたすら》無心で考えていた。ですから、この者はもう人は喰うまいと――そう拙僧は信じたのです。ただ、一年も経っておりますから――」

「はあ、生きているとは思えませぬなあ。飲まず喰わずで一年も考え続けられる訳はござりますまい。鬼となろうと妖物ではなく人。死んで、朽ちておりましょう。そうであるならば回向《えこう》せねばなりますまいかな。まあこれも禅師様のご功徳でござります。あの鬼が滅んだのであれば、この里は極楽へと転じましょう。里人一同、禅師様への感謝も込めて、あの鬼を弔《とむら》いたく思いまする。就いては禅師様も成仏冥福《めいふく》をお祈りくださいまし。そうすれば――」

「いやいや、果たして死んでおりましょうかな」

「死んでおりましょう。一度も里には来ておりませんからな。思うに一年前に禅師様の教えを受けて悟りを啓き、我と我が身を恥じて自死を選んだのではありますまいかな」

「それは——どうでしょう」

「いや、禅師様の仰る通り、あの鬼に人の心が残っているのであれば、とても生きてはおられぬのではないですかなあ。己の稚児《ちご》童子を喰い、里の墓を掘り返して屍を喰うなど、常人のすることではござりませんでしょう。もしも禅師様の出された問いの答えを見付け、仏の教えに導かれて悟りを啓いたのだとすれば、そのまま生きてお天道《てんとう》様を拝むことなど出来はしませんでしょう」

「いいえ。悟られたのであれば、自死など致しますまい」

「そうでござりますかなあ。それでは、悪鬼非道の行いを深く悔いて、どこかへ身を隠したか——」

「どちらも」

「どちらも」

「違いましょうなあ。拙僧が思うに、あのものはまだ——考えておる筈です」

「いや、しかし禅師様。一日二日ならまだしも、一年でござりまするよ」

「あのものは鬼——なのでございましょう」

「鬼と雖《いえど》も元は人。人は一年も絶食すれば死にましょう。それとも、人の屍を取り喰らえば、一年飲食せずとも死なぬようになりましょうか」

「それは関係ございませんでしょうなあ。いや、考え乍《なが》ら身罷《みまか》ったか、考え付かずに未《ま》だ考えているか――いや――白状致しますとな」

「白状――でございますかな」

「はい。己が出した問いであるにも拘らず、拙僧も今以て、その問いの答えが得られないのでございますよ」

「禅師様も――でございますか」

「ええ、難しい」

「いやあ、それなら、あんな鬼畜如きに解る筈もございませせぬよ。禅師様はあの鬼に理や知があると仰せになる。慥《たし》かに禅師様と会話を交わすばかりの知はあったのでございましょうし、公案を工夫するだけの理もあったのでございましょうが、禅師様程の徳高きお方でもお解りにならないような難問が、あのような人喰いの鬼に解ける道理はありませんでしょう」

「それは――知れぬことでございますよ」

「そうでしょうかな。ま、わざと難しき問いをお出しになられたと云うことなのでございましょうか。解けるまで動かぬと云うのであれば、難問である程にあの鬼めが動かぬ時は延びる。絶対に解けぬ問いであるのなら、もう二度と動けぬと云うことになる。これは封印したも同じこと。そもそも、それが絶対に解けぬ問いであるならば――鬼と雖も死にましょう」

「そうであるかもしれませぬ。ただ、解けぬ問いではないのですぞ。解ける者にはすぐにも解ける。そう云うものです。あのものには解けぬやもしれませぬ。いずれ、聞きしに勝る執着を持ちたる者。考え乍ら死んだか、まだ考えているのか、そのいずれかだと思いまするがな。悪鬼と雖も元は仏家。修行もしておりましょう。ならば人を喰うのを止め、喰うたことを悔いたなら、善行の報いで往生しているやもしれませぬ。そうであるなら、仏道成仏の上では我が師たるべきもの。また、万が一まだ考え続けているのならば、あのものは我が弟子と云うことになりましょうよ」

「そうなりましょうか」

「ええ。拙僧は——これから再びあの山へと登り、あのものの様子をば見て参りましょう。いやいや今度こそ、安心していただけるように、きっちりと見届けて参ります。もし死んでいたなら弔いましょう。生きていたなら、問答などして共に悟る道を探しましょう」

「それは真《まこと》に忝《かたじけ》ないことでござりまするが、しかし禅師様、御身は本当に大丈夫でござりまするか。あれは浅ましく激しい、鬼でござりまするぞ。もし一年飲まず喰わずで生きていたなら、今度こそ禅師様を喰うてしまうのではござりませぬか。禅師様の身に何か起きましたなら、私どもはいったいどうしたら」

「いや、心配は要りませせぬ」

何を――しに来たのです。

何をしに来たのか。

「尋ねに参ったのだ。尊公には解ったのか。拙僧には解らぬ。あれから一年、ずっと考えたが、それでも解らぬ。どうしても解らんのだ」

江月照《こうげつてらし》松風吹《しょうふうふく》。
永夜《えいや》清宵《せいしょう》何所為《なんのしょいぞ》。

「何の所為《しょい》か――そんなことは解らぬ。否、解らぬと云うよりも、それは何の所為でもなかろう。月が江《かわ》を照らすのも、風が林を抜けるのも、誰の所為でもないではないか。それならば、どうするが仏の道か。どうすることもないのだ。永き夜も清らかなる宵も何の所為でもないのであれば、この世に僧としてある意味はあるのか。如何《いかが》か。人を喰うた尊公なら――解るのではないのか」

為すがままに。

あるがままに。

「それは解っておるのだ。だから——どうだと云うのだ。尊公の境涯は、拙僧には決して行き着けぬところである。尊公が何故《なにゆえ》人の屍肉を喰うようになったのか、拙僧は知らぬし、知っても詮《せん》無きこと。子細も経過もどうでも良いのだ。同じ立場に置かれたとしても拙僧は尊公のようには振る舞わぬだろう。拙僧と尊公は、違う。違うのだ。だがしかし、それは拙僧が決して人を喰らわぬと云う証《あか》しには——ならぬ。違う状況、違う理由で喰うやもしれぬ。喰うやもしれぬではないか。ならば、知りたい。どうしても知りたい」

破戒したいのか。

人が喰いたいか。

「人が喰いたい訳ではないのだ。いいや、人など喰いたくはないわ。ただ、人を喰うとどうなるのかは知りたい。どうしたら人を喰うようになるのかが知りたい。さあ、どうなのだ。どうしたら人は鬼になるのだ」

鬼ではないのだ。

鬼ではない。

「では何なのだ。悪因か。悪業か。そんなものではないだろう。ならばどうしたらそのような」

どうもせずとも。

何もせずとも。

「何の所為《しょい》ぞ」

何の所為でもなし。

人は何もせずとも。

「鬼になると云うのか。人は普《あまね》く鬼だとでも云うのか。鬼にならぬために修行するとでも云うのか。しかし尊公は、修行を積んだ上で鬼となったのではないか。では、何のための修行ぞ。拙僧はこの一年、夜を日に継いで考えたのだ。考えに考え抜いたのだ。どうしても、どうしても解らなんだ。鬼とは、鬼とは何なのだ」

鬼は拙僧《わたし》だ。

鬼は尊公《おまえ》だ。

「鬼は何故《なにゆえ》人を喰う。それが解らぬのは、執着を捨てているからではない。煩悩を滅したからでもない。況んや仏家だからでもないのだ。欲深き者でも、信心なき者でも、そんなことはしないではないか。当たり前にしないではないか。ならば何故に、何のために、人のせぬことを、人に出来ぬことをする。それが——出来る。解らぬ解らぬ」

そう。考えたって解りはしない。

私も解らなかった。分裂しただけだ。

「解らなかったのか。尊公でも」

「自分を鬼と思うたことはなかった。だが、考え始めてから」

こいつは鬼だと思うた。

こいつは鬼だと思うた。

やっと——ひとつになった。

「考え始めるまで、私は鬼ではなかった。入り江を照らす月も鬼は照らさぬ。松間を吹き渡る颪も鬼には当たらぬ。永き夜にも、清き宵にも、鬼など居《お》らぬ」

「鬼は居らぬと」

「居るまいよ。居らぬからこそ、鬼なのだ」

「鬼は、居らぬと言うか」

「居らぬ。拙僧も、尊公も、居《お》らぬ。人を喰おうが喰うまいが、そんなことはこの三千世界にとって関係のないこと。鬼は、頭の中に居《い》る。胸の裡《うち》に居る。肚《はら》の底に居る。でも、そんなものは見えぬし聞こえぬし触れぬものなのだ。つまり、ないのだ。ないのだが、それは」

「それは」

「いいや。矢張《やは》りない」

「解った」

もう何も云うなと云って、禅師は錫杖《しゃくじょう》を男の脳天に振り降ろし、男を打ち殺した。

男は簡単に死んだ。

長い間男の死骸を眺めていた禅師は、やがて。

男を喰った。何もかも喰い尽くして——。

青い、頭巾《ずきん》だけが残った。

鬼《き》墓《ぼ》

上田秋成　雨月物語・吉備津の釜より

人は、何でも出来るんじゃない、と女は言った。

「何でもってどういうことだい」

だから何でも——と言う女は、背を向けて酒の支度をしている。

「泣こうと思えば泣ける。笑おうと思えば笑える」

「当たり前じゃないか。そんなの」

「飛ぼうと思えば飛べるってこと」

飛べるかよと言った。飛べるわよと女は戯《おど》けたように答える。

まあ飛べるかと男も応《こた》えた。空を飛ぶという意味ではないのだろう。それなら、今すぐにでも飛びたいところだ。

佳《い》い女だ。

「太陽を隠すことだって、時間を止めることだって出来るわ」

「そりゃあ凄《すご》いね」

まともに取り合うような話ではないのだ。

寧《むし》ろ気の利いた返しをすべきところなのだろう。

「そうかもな。その気になれば何でも出来るよ」

「その気になっちゃ駄目よ」

「言うね」

部屋は微暝《うすぐら》い。

明かりは床に置かれていて、しかも弱弱しい。

ゆらゆらとした頼りない光が作る橙《だいだい》色の空間は、光源を離れるとすぐに朦朧《もうろう》とし始め、迚《とて》も天井まで届くものではない。いいや天井どころか、床に座っている男の顔までも届きはしないのだ。

「君は未亡人だそうだね」

そう聞いた。

その呼ばれ方はあまり好きじゃないわと女は答えた。

「未《ま》だ亡《し》んでない人って意味でしょ」

「そうなのか。考えたこともなかったが、まあそういう意味なのだろうね。つまり夫に先立たれたのに後《あと》を追わずに生きている女、という意味か。まあ伴侶《はんりょ》が死んで、後追いはせぬまでも出家したりする女《ひと》もいるしね。そうならそれは、あまり良い言葉じゃないなあ。まるで早く死ねと謂《い》われているようなものだ」

「ええ。私には当て嵌《は》まらないし」

「それはそうだ。まあ連れ合いに死なれるのは辛《つら》くて哀しいことだが、だからといって後追い心中はしないな。どんなに哀しくたって、哀しいってだけじゃ死ねないさ。哀しみなんてものはいつかは癒《い》えるもんだ。思うに、後追いをしたりする人は、それが厭《いや》なんだろうな。出家するのも同じことだ。哀しみを忘れてしまうのが厭なんだ。いずれにしても、共感は出来ないな。まあ、死ぬ気にはならない」

死ねば楽よと女は言った。

「楽か。まあ楽なんだろうなあ。勿論《もちろん》死んだことなどないから判らないけども、悩んだり悲しんだり、そういう苦悩からは解き放たれるんだろう。でもなあ」

「死にたくない?」

甘ったるい声で女が言った。

蠟《ろう》が溶ける香りと相まって、男は少し酔いそうになる。

酒も飲んでいないのに。

「あなたも――奥様を亡くされたんでしょう」

「まあね」

「辛かった?」

「ああ。正直に言えば、辛かった。かなり応えた。まあ、新しい生活を始めて、これからという時に逝《い》かれたからね。何もかも持って行かれた気になった」

天を憾《うら》んだよと言った。

「流行《はや》り病だったから誰を恨むことも出来なくてね。誰かに殺されたとか、事故に遇《あ》ったとか、そういうことだったら、まだ殺した相手なり事故の責任者なり、気持ちを押し付ける相手がいるだろう。病気にしたって、看病の甲斐《かい》なく逝ってしまったというのなら自分を責めることも出来るのだがな。患いついてたった七日で死んでしまった」

ただの風邪かと思っていたのだ。あれこれ看病はしたけれど、死に至る病だなどとは脈が止まるまで思いもしなかった。いや、息が止まっても暫《しばら》くは汗を拭《ふ》いたり水を飲ませようとしたりしていたのだ。拭いた汗は二度と滲《にじ》んでこなかったし、水差しの水は全く減らなかったのだが。

「死んでいると思った瞬間、何だろうな、こう、どんと空が落っこちてきたような、逆に地べたが抜けて奈落《ならく》に落っこちたような、そんな衝撃があってね。どうにも情けない話だなあ。僕が腑《ふ》抜《ぬ》けてしまったものだから、葬式も何もかも隣近所任せで、気がついたら焼かれて骨になっていた。骨になって墓に埋《うず》めてから、しんしんと哀しさが込み上げてきて、どうにもこうにも」

深く想っていたんですねと、女は打って変わって深刻そうに言った。

「想われていた奥様は幸せですわ」

「そうかな。それは判らない。死んで幸せということはないだろう」

「ええ。死んだら幸も不幸もないでしょうけど。死ぬまでの間、あなたはずっと、奥様の傍《そば》にいて、見取ってあげたのでしょうから。その間は」

それはない。

「それはないよ。慥《たし》かに看病はしたけれど、所詮《しょせん》風邪だと思っていたからね。勿論、早く治れと願ってはいたけれども、どこまで真剣だったのかは判らない。快癒を願う気持ちの中には、世話をするのが面倒臭いという怠惰さも多くあったし、面白可笑《おか》しく暮らせないことへの不満もあっただろうから」

正直な人ねと女はまた甘ったるい声を出した。

「不実さというのは、誰の心の中にもあるものですわ。それを罔《な》くしてしまうのは無理というもの。だから、相手に届かないようにしておけばいいのです。胸の中の不実を隠し通すことが——実ですわ」

女は酒を運んで来て、斜め前に座った。

仕草が艶《なま》めかしい。微弱な明かりはいっそうに心許《こころもと》なく、胸から上は蒙《もう》として闇に溶けているのだけれど。

酒を注《つ》ぐ指先が、橙色の光に照らされて尚《なお》白く、男は夢夢《くらくら》とする。

「肚《はら》に収めておけということかい。そうかもしれないな」

そうすればあの人も少しは救われるのか。

僅《わず》かでも報われるのか。

死んでしまえばそれまでですけどねと女は言った。

そうか。この女も夫を亡くしたばかりなのだ。

「浅ましい話ですけれど」

「私も——あの人が好きでした。いまでも好きですわ。浅ましい話ですけれど」

「浅ましいかな」

「浅ましいです。慕っている、恋している、焦がれている、愛している——どれも聞こえのいい言葉ですけれども、要は執着しているだけなんです。固執している、拘《こだわ》っている、そういうことですから。そういう気持ちというのは、相手に届くものではないのです。相思相愛というのは、互いに執着し合っているということなんです」

「それはそうかもしれないなあ」

「だからこそ、きちんと嘘を吐《つ》かなければ、吐き通せなければ、己の不実を隠し通せなければ、そんなものはすぐに壊れてしまうんですわ」

「壊れる——かね」

「ええ。相手も自分を好きでいてくれるという、そういう幻想を抱けなくなれば、情愛はただの執着になってしまいますもの。それは——ただの妬気《とき》に過ぎないですもの」

醜《みにく》い感情ですと女は言った。

「嫉妬《しっと》——ということか」

「怖くなるんです」

「何が怖い」

「自分の愛情がただの醜い執着に過ぎないんじゃないかと思うと、怖くなる。そう思いたくないから確かめたくなる。でも確証なんか絶対に得られないんですよ。夫と雖《いえど》も心の中なんか覗《のぞ》けやしないもの。覗けたなら——それは余計に恐ろしいことだと思いますけれど。だから、騙《だま》して欲しいんです。騙し通して欲しかった。相手も同じだと思い込めなければ、愛はただの業《ごう》ですもの」

業が深いんですと女は言った。

「ご主人を好きだったのだね」

幽《かす》かに見える女の顔は、微《かす》かに横に振られた。

「好きだったのではなく、好きになろうとしていたんですわ」

「本心はどうなんだい」

「判りませんわ、あなたと同じ」

「同じかい」

「邪険にされても堪《た》えて、嫌われても尽くして、誠心誠意、それこそ献身的に接することが、実なのだと思い込んでいたんですね。それが当たり前だと勘違いしていた。そうすることで相手は幸福になるだろうし、それは自分のためにもなるんだと、そんな幻想を抱いていた。たぶん、それだけなんです」

「それだけ——とは」

好きだったかどうかは判りませんと女は言って、杯を空けた。

「自分はこの人の妻なんだから、この人を好きになるのは当たり前で、だから好きになろうと――そうすれば相手も当たり前にこちらを好いてくれるだろうと、そんな夢みたいなことを信じていたんです、児童《こども》でもあるまいに。そんな関係は、あったとしても天空に浮かぶ蜃気楼《しんきろう》のようなものですわと女は真っ暗な天井に向けて吐《は》きだした。

「自分は騙せたんですけど、相手には通じませんでした」

「何だ――」

もしかしたら放蕩《ほうとう》亭主だったかいと男は言った。

「さて」

「酒か博打《ばくち》か――乱暴でも働くかい」

「手を上げられたことはありませんけど。気持ちの上では毎日殴られているようなものでした。気持ちが向いていないんです、私の方に」

「好いて添ったのじゃないのかい」

「親が決めた仲でした」

「無理矢理に？」

いいえと女はまた首を振る。

「縁談は――先方から望まれたものでした。でも、一度破談になりかけたんです。でもどうしてもというので、父母は兎《と》も角《かく》、私に異存はありませんでしたから、お受けしました。添う以上は一生を共にするのですから、何としても」

好きになろうとした訳かと言って、男も杯を空けた。

沁《し》みる酒である。何か餓《う》えた部分に容赦なく浸透していくような、そんな強い酒だ。

飲み過ぎないようにしなければ。

「で――好きになったかどうかは判らないんだ」

「ええ。ただ、執着だけは持ってしまったのです。好きになろうとした、それ以上に好きになって貰《もら》いたかったのですね。でも、それはなくって、ただ醜い執着だけが残ってしまった」

「それは醜いのかな」

「醜いんです。だって、私が強く思えば思う程、尽くせば尽くす程、あの人は私を疎ましがった。当然ですわ。一方通行の想いなんて、ただの嫌がらせでしょう。こちらが痛んでいるのと同じだけ、あの人も厭だったんだろうと、いまは思う。でも、莫迦《ばか》みたいに尽くすことだけがあの人に好かれるただ一つの道なんだと私は思い込んでいて、私があの人を好きならば堪えられることだと勘違いしていて、好きになるのも好かれるのもそれしかないと信じ込んでいて、事実それしか出来なかった。まるで――逆だったんです」

「健気《けなげ》じゃないか」

「愚かなんです」

「愚かなのかもしれないけれど、可愛いじゃないか」

「ほんとうに――そう思います？」

擽《くすぐ》ったい声だ。

「まあ――君は真面目なんだ。ご亭主は不真面目なんだよ。真面目な女から、不真面目な男は逃げたくなるものさ。自分に疾《やま》しいところがあるから、それが炙《あぶ》り出されてしまう気になるんだよ。でも、八つ当たりしようにも君に非はない。だから逃げるんだ。

それは亭主が悪いのさと男は言った。

「そう思います？」

「そりゃあそうさ。まあ、君の言うように、誰しも心中に不実はあるんだろう。それを気取《けど》られないようにするのが実だと、それもそうだろうな。でも、それ以前にね」

君のような美人を泣かせちゃ駄目さと男は言った。

「世の中には嫉妬深い女が山程いるよ。疾しいことがないのに勘繰られて、痛くもない肚を探られて、困っている男は大勢いるからね。揚げ句に怒鳴ったりものをぶつけてきたり、それはまあ、醜いと思うよ」

「私も同じです」

「同じじゃあないよ。嫉妬深い女は、そりゃあ物凄《はげ》い形相になるもんさ。鬼じゃないかと思う程だよ。悪いのは全部男だとばかりに気を吐くからね。君は違うじゃないか。寧ろ、亭主に虐《しいた》げられて泣いていたように聞こえるけれど」

「泣いていました。でも」

やっぱり同じですと女は言った。

「表に出ていないだけで、妬《や》いていたんですから」

「浮気かい？」

「ええ。どこかの若い女に執心して——家に居着かなくなって」

耳の痛い話だよと男は言った。

「胸に覚えがあるんですか」

女は酒を注ぐ。

大いにあるのさと男は言って、酒を呷《あお》る。

「まあ、自慢するようなことじゃあないよ。僕も駄目な男でね」

まあ、と言って女は笑った。

ように思えた。

「ご亭主は、それでどうなったんだ」

「帰って来ませんでした」

「健気な妻を棄て、倫《みち》ならぬ恋の涯《はて》に、浮気相手と心中——ってところかい？」

「それならまだ良かったんですけど」

「何だい。病気にでもなったかい」

「いいえ」

尋《き》いてはいけないことなのかと男はふと思う。

「殺されたとか」

女は黙った。

「いや――悪かった。尋かないよ。僕なんかが知ったって詮《せん》ないことだ。どうも辛気臭い話になってしまったなあ。これじゃあいけないな」

男は酒を差し出す。女は杯をそっと出す。白い指先が愛《いと》おしい。

「折角こうしているのだから、もっと楽しい話をしなくちゃいけないな」

「ええ。でも、お墓参りがご縁なのですから、それも仕方がないですわ」

「尤《もっと》もだ」

墓場で、娘に声を掛けられた。

お身内を亡くされたのですかと問われた。

連れ合いを亡くしたのだと答えたら、同じように連れ合いを亡くして打ち沈んでいる女がいるから慰めてくれないかと言われたのだ。だから男はこの家に来た。

「毎日参られていたとか」

「ああ。僕も連れ合いも、故郷を離れてこの土地に来たばかりでね。墓に参る者も少ない。そう思うと不憫《ふびん》で仕方がなくなって――未練がましいと思われるかもしれないけれど、諦《あきら》め切れない気持ちもあって、気がつくと卒塔婆《そとば》の前に立っている。墓に行ったたって哀しさが癒える訳でもないのだが、めめしいことさ」

私は墓参りは出来ませんと女は言った。

「そうなのか。それであの娘さんに代参して貰っていたのか。あの娘さんも毎日来ていたようだけれども」

「ええ。私が参ることは――出来ないんです」

「辛くなるかい」

「はい。行って会える訳でもないですし。謝ることも出来ませんし」

「謝る？　君がか？　君は謝ることなんかないだろう」

「そうでしょうか」

女は顔を上げた。

暗い。唇だけが見えた。

「そうさ。君を棄てて別の女と家を出て、そのまま死んだような男に頭を下げることなんかないだろう。誰に尋いても悪いのは男だと言うだろうさ。謝るなら亭主の方だと思うがね」

「そうですか。それを聞いて――」

少しばかり気が楽になりましたと女は言った。

「気が楽に？」

「ええ。私は、この期《ご》に及んで醜い執着を捨てられないでいるんですから。あの人も厭だろうと思うんです」

「それこそ、死んでしまえばそれまでだろうに。厭も何もあったものじゃない。僕の連れ合いが幸せを感じられないように、君の連れ合いだって何も感じやしないだろう。それに、その人はかなりの」

幸せ者さと男は言った。

「幸せ？」

「そうだよ。死んでまでそんなに慕って貰えるなんて、幸せさ。しかも生前、その人は君を苦しめこそすれ何の幸せもくれなかったんだろう？　そんな非道なことをしておいて、それでも慕って貰えるのなら、それは幸せというものだよ」

「そうでしょうか」

女は下を向いた。

「そうさ。違うかい」

「さあ。私には単なるいやらしい執着にしか思えないですわ。あの人との関係は、もう変えようがないんです。遣《や》り直しはきかない。何しろ棲《す》む世界が違ってしまったのですから。私とあの人は――」

死者と生者ですものと女は言った。

「判り合うとか、赦《ゆる》し合うとか、逆に決然《きっぱり》と別れるとか――そういうことは一切出来なくなってしまいましたから。つまり、私のこの醜い執着は、永遠にこのままなのです」

「死人相手じゃなあ」

でも。

「まあ、それこそ自分を騙すしかないだろう。僕も同じだよ。生きているんだから生きなくちゃいけないだろ。忘れろというのも無理な話だけれど吹っ切ることは出来るよ」

手を伸ばす。

触れようとすると、女はすっと身を躱《かわ》した。

まだ早い。

「あなたも――奥様を亡くされたばかりなのでしょう」

「そうだ。泣き暮れていた。でも、前に進まなくちゃいけないよ。僕も君も、お互い生きているんだし」

「それは」

違いますわと女は言った。

「亡くなった奥様に――」

「妻じゃないんだよ」

そう。死んだ袖《そで》は妻じゃない。

「あれは――駆け落ちした相手さ。妻は故郷にいるんだ」

「それでは」

「捨てて来たんだ。女房をね。酷《ひど》い男なんだよ。僕も。君のご亭主と同類、いや、もっと悪いかな」

「その、故郷の奥様というのは」

可哀想な女さと男は言った。

「可哀想——ですか」

「そう——だね。僕のような身持ちの悪い男を亭主にしてしまったのだから、まあ可哀想としか言い様がないよ」

反省も後悔もないけれど、自分が悪いことだけは確かだと男は思う。

それだけは理解している。

「あなたは——何故《なぜ》」

女は切れ切れに言った。

我が身と重ねているのか。余計なことを言ったか。

「何故——駆け落ちなどされたのです？　その人が好きではなかったのですか？」

「どうだろうなあ」

妻は。

「美しい、教養のある、奥床しい女でね。まあ、僕には過ぎた女房さ。欠点を挙げろと言われても困るくらいだ。と、いうよりも良く出来た、出来過ぎた人だ。嫌う要素はひとつもないな」

「では、好きだったのですか」

判らないよと男は答える。

「君と同じだよ。好きになろうと努力はしたさ。でもなあ」

何をして努力と呼ぶのか、男は知らないのだが。

「でも、何です？」

「駄目なんだ。男だからとか、女だからとか、そういうことじゃないんだが――うん、そうだなあ。君の言葉を借りるなら執着されるのが厭なのかもしれない」

「厭？」

「女房が厭なんじゃないのさ。そういう、束縛された状態が堪《たま》らないというかね、いずれにしろ勝手な言い分だとは思うが、そういう性分なんだよ。だから好きとか嫌いとかいう以前の話だ。縛りつけられるような生き方が苦手なんだ。自分自身縛りつけられるのが厭なものだから、相手を縛るのも厭でね」

「でも縛ってくれ縛ってくれと相手は言うのですね」

「そういうことなのかなあ。でも、まあ僕の言い分が通らないということは、百も承知している。僕と女房も、君のところと一緒でね、親が決めた間柄だ。しかも無理を通して、こちらから頼み込んで夫婦になったんだよ。それがこの放蕩三昧《ざんまい》だ。ろくに働きもせず、家にも寄り付かず、遊び呆《ほう》けた揚げ句に外に若い女を囲って、そんな生活が正しい訳はないし、しかも女房の方に非はひとつもないんだ。何の言い訳も出来ない。何もかも僕が悪いのだよ」

悪いのだが。

僕はそういう男なんだよと、男は言った。

「それを曲げることが出来なかった。女房は、何も言わないんだよ。それがまた辛くてね。でも、とうとう親父が怒った。そりゃあ怒るだろうさ。女房はそれでもね、そんな親父を宥《なだ》めたりしてね」

気が知れない。普通――そんなことは出来ないだろうと男は思う。

「親父は余計に怒ったけどね。僕の素行は一向に直らなかったからね。こんな健気な嫁がいて、その振る舞いは何だ、嫁が哀れだ――と、そりゃあ怒った。母親も見て見ぬ振りは出来なくなった。親として莫迦息子を放ってはおけないということになったのさ。そこで僕は軟禁されたんだよ」

女は黙ったまま、杯に口を付けた。

「反省しろということさ。でも、反省するも何も、自分が悪いのは百も承知なんだ。やめられるなら疾《と》うにやめていただろう。女房も不憫だと思うよ。でもやめられないんだよ。例えば善悪の判断が出来てなくて、それで続けていたというのなら、まあ悪いと判ればやめるだろうさ。放蕩を続けたところで何の得もない。損得でいうなら明らかに損なんだ。女房の実家は家柄も良くて、財産もある。いや、女房自体が替えの利かない良妻だったんだからね。それでもしてしまう。悪いと知ってするのだから処置なしだ。愚かだとは思うけれども、どうしようもない。駄目だというなら、考えるまでもなく駄目なんだよ」

「駄目――とお思いなのですか」

「当然だよ。死んだ女というのはね、正直若いというだけで、見た目も気立ても、女房の方がずっと好《い》い女さ。死んだ女は、悪い女じゃなかったんだが、陽気で気の良い、まあ莫迦な女さ。親もいなくて貧しくて、それで身を持ち崩して、卑《いや》しい商売をしていた女なんだよ。僕と同じく、駄目な人間だったたんだ。そうでなくっちゃ僕のような駄目な男と、しかも妻のある男と駆け落ちなんかしやしないだろう。この土地にだって、女の親類というのを頼って来たんだよ。親類といっても遠い間柄でね、世話を焼く義理も何もない、他人と同じさ。当てにならないのは目に見えていた。何か目的があって来た訳でもない。生活《くらし》の立つ目算があった訳でもない。ただ、何とかなるだろうというようないい加減な気持ちでね。適当なものさ。いつまでも遊び暮らせるなんて思っていた訳ではないのだけれど、どうにかなるだろうとは思っていた。そうしたら――死んでしまった」

「病で」

「そう。病さ。こんな結末は考えてもみなかった。怒った妻が生き霊になって取り憑《つ》いたのかと思ったよ」

「奥様は――怒ってはいないでしょう」

女は言う。

「私なら――怒りはしません」

「そうだろうね。妻も怒ってはいないんだろう。怒ってくれていたなら——また違っていたかもしれない」

そう言うと、女は顔を背けた。

「だからただの病だったんだよ。そう考えなくちゃ、やってられない。バチがあたったんだとするなら、先《ま》ず僕にあたるべきだろう。僕はピンピンしている。それは理不尽だろう。でも、親を裏切り、妻を騙して、何もかも捨てて逃げて来たというのに、その結果がこれというのは、どうなんだ——と思いはした。いったい何のために逃げて来たのか、判らなくなってしまったのさ。妻も可哀想だが、死んだ女も可哀想でね。僕なんかと出合わなければこんな死に方はしなかっただろう。そう思うと、流石《さすが》に辛くなって」

涙が溢《あふ》れて。

可哀想でね。

「あなたは——優しい人なのですね」

「まあ、そういう感情は人並みにあるんだよ。でも——駄目なんだ。駄目だから、他人を不幸にする。死んだ女も、故郷に置き去りにしてきた女房も、僕の所為《せい》で不幸になったんだから。でも」

一人ではいられないのさ。

淋《さみ》しいんだよ。

「故郷にお帰りになればいいのに」

「今更どの面《つら》を下げて帰ればいいというのかね。僕は、最後の最後に女房を騙したんだからね。心を入れ替えるお前の献身に応えると、そう嘘を吐《つ》いてね。ついては、浮気相手の女は貧しくて、僕と別れたら生きては行けないだろうから、纏《まと》まった金を渡してどこか遠くの大きな街にでも行かせ、商売の一つもさせてやりたいなんて、そんなことまで言ったのさ。女房は」

それを信じた。

「そんな御託を信じるとは思わないだろう、普通。でも妻は信じた。そういう女なんだよ。妻は自分の着物やら身の回りのものを全部売り払って、しかも実家からも少なくない金を借りて来て、僕にくれた。それで、軟禁されていた僕を部屋から出してくれたんだ。僕は」

そのまま女と逃げた。

「酷《ひど》い話だろう。考えられないだろう。仕出かした自分がそう思うんだ。屑《くず》のすることだよ。そんな酷いことをしておいて、今更帰れやしないだろう。僕は、駄目な男なのだよ。どうだい」

軽蔑《けいべつ》したかいと、男は出来るだけ卑屈に言った。

女は——。

首を横に振った。

「私の夫と同じです」

「そうだな。同じさ。君のご主人も、だから駄目な男だったんだろう。僕のような人間というのは、まあいるんだよ。でも、君は違う。だから君はそんな駄目な人間のことを気に懸ける必要なんてないんだよ。そんな奴のために悲しんだり悩んだりすることはない。同類の僕が言うのだから確かなことだよ。君が辛くなることはない。だから」

だから嫌えませんと女は言った。

「嫌えない——かい」

「ええ。嫌えたのなら、ずっと楽になります。執着を絶てるということですもの。それでも絶てぬ——業があるのです。ですから」

僕のことも嫌えないということかと男は問うた。

「そういう——意味かい」

「はい」

そうなのか。

「僕は褒められた人間ではないよ。こうして酒を酌み交わしているけれども、そういうくだらない、どうしようもない男だ。関わる女を不幸にしてしまうのさ。嘘も吐《つ》く。逃げる。そんな男だ。だから家庭を持つ資格も、妻を娶《めと》る資格もない。人と、深く関わることをしてはいけないんだ、僕のような男は。でも」

淋しいのさと言って、男は女の手に触れた。

冷たい。その白さに負けぬ程、冷たい。

いいんだ。

自分は刹那《せつな》的な人間なのだ。

一時の享楽に身を任せて、流されるように生きているだけの。

屑のような人間だ。だから。

「君」

死んだ女のことは忘れよう。

妻のことも忘れよう。だから。

「好いてくれとは言わない。でも」

「好きかどうかはいまも判りません。でも、この執着は消えない。どうしても消えないの」

「死んだ亭主が忘れられないのか」

「いいえ」

夫は死んでいませんと女は言った。

「死んでいるのは」

私なの。

「何だって？」

「私」

死んでしまいましたと女は繰り返した。

「辛くて辛くて、哀しくて哀しくて、それで」

死んでしまったんです。

「だから、未亡人ではないの。もう死んでいるんですもの」

「いや――しかし、ご亭主は、その、君達は生者と死者だと」

「ええそうよ。死んでいるのは私の方。夫は生きていますもの。ですからお墓参りも出来ないの。参ったところで、まだその墓には入っていないのですから」

「まだ？」

「ええ。だって」

あなたはまだ生きているのでしょうに。

「君――」

「人は何でも出来るんですわ。出来ないのは、出来ないと思っているから。泣きたければ泣けるし、笑いたければ笑える。こうして――飛んでくることだって出来るの」

何を言っているんだ、この女。

「あなたの気持ちは能《よ》く解りました。こうしてお話が出来るとは思ってもいませんでしたから、色色話せて嬉《うれ》しかった。死んだ私が、生きているあなたと話せるなんて、思ってもいなかったもの。でも話せました。生きている時よりずっと、ちゃんと話せた気がします。私のことを褒めてくれたり哀れに思ってくれたりしていてくれたんですね。迚《とて》も嬉しい」

「い」

磯良《いそら》。お前か。

「でも、やっぱりもう変えられないんです。死んでしまった以上、私の、このあなたへの思いは、ただの醜い執着に過ぎないんです。私はもう、ただの業の塊に過ぎませんから。堪《た》えに堪え、隠しに隠した私の妬気は、このように醜く凝り固まって、もう隠しようがなくなってしまったんですもの」

わたしも不実な女なんです。

あなたが不実であるように。

「だからもう、私は何でも出来ます。太陽を隠すことだって、時を止めることだって出来る。だからあなたは逃げられないの。詫《わ》びようが、怒ろうが、泣こうが喚《わめ》こうが、決して逃げられません。あなたの本心が、それ程憎むものではないと知れても、寧ろ哀れむべきものだと気づいても、もう、どれだけ気持ちを交わしたって、私の執着は変わらない。生者と死者は、通じ合えない。私は既に死んでいるのですから、変われないんです。だから今更あなたの気持ちが解ったって、どうしようもないの」

男は叫ぶ。

意識が遠のく。

悪かった。悪かったよ。

でも、僕は莫迦だから、だから。

「あなたはどこまでも愚かで、その愚かさを自ら知ってもいて、そして、持て余していた、哀れな人です。優しくて、莫迦な人です。より愛おしく思います。私が守ってあげられれば良かったんだけれど、私もまた、そんなに賢くはなかったんです。賢くなかったから、あなたを追い詰めて、自分も追い詰められて、そして」

死んでしまった。

「生きている時は言えなかったわ」

女は男の耳許で、男を心の底から慈しむような、蕩《とろ》けるような声で言った。

「正太郎《しょうたろう》さん。私、あなたが」

好きで好きで好きで好きで好きで好きで好きで好きで好きで大好きだから。

「死ね」

鬼景《きけい》

歩道に面したあまり広くない庭に、不揃いな高さの切り株が四つある。

庭には塀も囲いもないし、柵《さく》もない。暗渠《あんきょ》になった下水道の蓋《ふた》が歩道との境を作っているだけである。

庭というよりも、単に家の前のスペースというだけのものなのだろう。普通なら駐車場にしてしまうようなスペースである。

ただ、車を停めるにはやや奥行きが足りない。歩道に食《は》み出してしまうかもしれない。横にすれば停められるだろうけれど、大きめの車だと玄関を少し塞《ふさ》いでしまうかもしれない。

そんなことを考えた。

どっちにしろ樹《き》が生《は》えていたのだから車を停めるのは無理だったのだ。つまり前庭と考えるべきなのだろう。とはいえ手入れがされている様子は一切ない。でも、雑草が生い茂っているのかといえばそんなことはなく、かといって土が剝《む》き出しになっている訳でもない。

庭全体に苔《こけ》のようなものが生えているのだろうか、微昏《うすぐら》くて能《よ》く見えないし見るつもりもないのだが、印象としては緑色である。

昏《くら》い緑だ。

こんな景観は見覚えがない。

日頃から路肩を気にして歩いている訳ではないし、他人の家をじろじろ見たりチェックしたりする趣味はないから、何処《どこ》も彼処《かしこ》も正確な記憶なんかはないのだけれど、こんな風景は見たことがない――。

気がする。

家屋の方にも見覚えはない。

と、いうよりどこにでもあるただの家なのだ。取り立てて変わったところなどない。だから見覚えがないというより、見ていたとしても印象に残っていないだけかもしれない。でも。

何か昏い。

夕方なのだから明るくないのは当たり前なのだが、どういう訳か取り分け陰鬱《いんうつ》な感じに映る。煤《すす》けた壁も燻《くす》んだ屋根も、お世辞にも綺麗《きれい》とは言い難《がた》いのだけれど、でも、何処の家もこんなものだとも思う。事実、隣の家の方が壁の黒ずみは激しい。なのに、隣家はそんなに昏く見えない。

新しい家ではない。

少なくとも、私よりは長生きしている。いや、それどころではないかもしれない。母くらいの齢《とし》は重ねているだろう。もっとだろうか。なら築五十年は下らないということか。屋根に浮いている錆《さび》っぽい汚れの加減だとか、木材部分の朽ち加減なんかはそんな感じだ。ドアのデザインも昔臭い。最近の建具ではない。

黒っぽい木製のドアで、たぶんオリジナルのデザインなのだろうけれども、高級そうには見えない。安っぽいということではなく、センスが古いのだ。ノブも今の規格とは違うような気がする。

正面に至る。

窓が小さい。路《みち》に面した窓とは思えない。トイレの窓だってもっと大きいのじゃないだろうか。勝手口の明かり取り程度の大きさに見える。妙な模様の磨《す》りガラスが嵌《は》まっており、しかもアルミの格子まで設《しつら》えてある。嵌め殺しではないものの、あれでは換気する程度の役にしか立つまい。要するに建物の中からこの前庭を見ることは出来ないのだ。歩道から玄関までのほんの数歩のアプローチのためにこの庭はあるということか。

アプローチといっても敷石なんかがある訳ではない。庭と同じ昏い緑色の地面があるだけで、その先はいきなり玄関なのである。どういう訳か踏み固められているようにも見えない。

土なのか苔なのかわからないけれど、どうにも柔らかそうで、雨の日なんかは泥濘《ぬかる》んで大変だろうと思う。それとも、そう見えるだけなのだろうか。そうかもしれない。

暗いので能《よ》くわからないのだ。

それ以前にちゃんと観ようとしていない。わかろうとしたくもない。

私は単に家路を辿《たど》っているだけの、通りすがりの人でしかないのである。見慣れた景色の中に見覚えのないものが突然現れたので奇異に思い、気になってしまったというだけのことなのだ。そんなに興味がある訳ではない。

それにしても見覚えがないのである。

そこが――変なのだ。

この家が変なのではなく、見覚えがないということ自体が変なのだ。

築五十年の古家が忽然《こつぜん》と現れる訳もない。新築だとしたって、いきなり出現したりはしない。毎日通る道なのだ。建物は半日で出来るようなものではない。更地になって基礎が出来て足場が組まれて、何日もかけて徐々に出来上がっていく訳だから、新築の場合は寧《むし》ろ目立つ筈《はず》である。

この家は出来上がったのではなく、あったのだ。

ずっと。

だから変なのである。

私はほぼ毎日ここを通っている。小学校入学前に引っ越しをして以来、もう二十年以上往復している。学校に行くにも駅に行くにもこの路を使う。はっきりと認識していなかったとしても、見覚えがない訳がない。

事実、道路の向こう側も、路の先も、いつもの景色である。

幅の広い緩やかな登り坂で、カーブもないから坂上までの見通しは良い。何もかも見慣れた、いや見飽きた光景である。なのに、この家だけは覚えがない。

通り過ぎる。

隣家の、黒い鉄の柵は覚えている。

低木に疎《まば》らに咲いている白い花も覚えている。

覚えているというより当たり前の光景である。取り分け奇異なものではない。

さっきの家もこの家も、別に注目度は同じ筈だから、こちらだけ覚えているというのは妙だ。

その隣は小さなパン屋である。

この時間にはもう店は閉まっているし、そんなに美味《おい》しくないからまず買わないのだけれど、もう十年くらいここで営業しているのではないか。

パン屋が出来る前は、慥《たし》か団子屋かなんかだったと思う。

小さい頃に御手洗《みたらし》団子を能《よ》く買って貰《もら》った。おばあさんが一人で営《や》っている店で、後で聞いたところに拠《よ》ればそのおばあさんが死んでしまって廃業したのだそうである。

店がなくなった時は少しだけ寂しい気持ちになったのを覚えている。

その後、三箇月くらいでパン屋が出来たのだ。パンはあまり美味しくないのだが、このパン屋は何故《なぜ》か潰《つぶ》れない。ずっと同じパンを売り続けている。

このパン屋は、やはり出来て十年ちょっとだと思う。

ならばパン屋よりさっきの家は古いことになる。

そんな馬鹿なことがあるだろうか。

あんな家があっただろうか。

坂上で私は振り返った。

路の途中で立ち止まって振り向いたりするのは不自然なので、出来るだけ自然に見えるよう坂上の横断歩道まで我慢したのである。

丁度信号は赤だったので信号待ちの体《てい》を装えるというのもあった。本来、もうひとつ先の横断歩道を渡るのが常なのだけれど、この先道路は下ってしまうので、そこからだともうあの家は見えなくなってしまうのだ。それに、何処で渡ったって構いはしないのだから、この信号待ちは無駄でも嘘でもない。

なだらかな下り坂は駅前の大通りまで一直線に続いていて、とても見晴らしが良い。

これは毎朝見ている景色でもある。

そこそこ遠い。

もう、能くは見えない。

パン屋の、隣の、隣。

微昏い。

切り株らしきものが少しだけ確認出来た。

全体としては飽きる程観ている景色だったのだが、そこだけが差し替えたみたいに目新しかった。

あんなに古惚《ふるぼ》けたものが目新しいなんて、それって何か間違っているだろ。

信号が変わった。

私は横断歩道を渡る。

ここで道路を渡ることは殆《ほとん》どないから、この景観は新鮮だ。新鮮ではあるけれど、見覚えがない訳ではない。アングルが違っているだけで平素から目にしている光景ではある。渡った先の家のブロック塀だって、その横の町内掲示板だって、その隣の患者があまりいない耳鼻科医院だって、私は毎日目にしている。

ただ道路を隔てた向こうの歩道から眺めているのだけれど。

見覚えがないことなんかない。

当たり前である。

渡りきる前にもう一度振り向いた。

パン屋の隣の隣は、もう墨でも吹き付けたかのように昏くなっていて、何も見えはしなかった。

あの家の前だけ、街燈もないのだ。

街全体が暗くなっているのだ。

もう、夜なのである。

見上げると月まで出ている。

満月ではなく半月でもない、半端な月だ。

普段帰宅途中に月など観ることはない。出ているのだろうけれど、観ない。だからこれも新鮮な気がした。

月は私が生まれる遥《はる》か前から毎日毎日出続けている訳で、そんなものが新鮮に思えるというのは偏《ひとえ》に私個人の気持ちの問題なのだ。要はあの家だってそういうことなのだろう。

釈然とはしなかったけれど、納得した。

家に帰ると姉が来ていた。

四つ歳上の姉は二年前に結婚して家を出ている。

ただ結婚相手は中学校の同級生で、嫁ぎ先は徒歩で十分程度の距離なものだから、頻繁に顔を見せる。どうやら今夜は旦那《だんな》が出張で留守らしく、実家に夕飯をたかりに来たということらしい。

母と三人で夕食を摂《と》り、その間帰宅途中に覚えた些細《ささい》な違和感のことなどまったく忘れていたから、何処《どこ》かの町で起きた幼女誘拐事件の話なんかを不謹慎な感じでしていたのだけれど、食後に面白くないヴァラエティ番組を眺めていたら突然思い出した。母は台所で洗い物をしていて、姉はテレビを観ている。

芸人が巫山戯《ふざけ》ているが面白くないので姉も私もぴくりとも笑わない。

幾ら何でも唐突過ぎるだろうと思ったのだが、案の定気でも違ったのかという顔をされた。

「あ？」

「パン屋の隣の隣さ」

「あの美味しくないパン屋」

「元のあだち屋？」

「あ？　あの、団子屋の後に出来たパン屋」

「だから」

あだち屋は餅屋《もちや》だと言われた。

「団子も売ってたけどお餅屋さんだって」

「そんなのどっちでもいいけど、その隣の隣」

「あの、無認可っぽい託児所でしょ。象さんの絵が貼ってある」

「違うって。逆。駅側」

「あ？」

姉は中空に視線を漂わせ、それから中川《なかがわ》君の家じゃなくて、と言った。

「中川って誰」

「同級生だけど、あんたは知らないか。あの、黒い鉄の柵がある家よ」

「白い花が咲く？　そこは隣じゃん。そのまた隣」

「──がどうしたの？」

「いや、だから何だっけ」

何だっけってこっちが尋《き》きたいしと姉は小馬鹿にしたように言った。

「そうじゃなくて、どんな家だった？」

「え？　中川の家の隣？　普通の家じゃん」

「覚えてる？」

「いやー」

姉は首を右に捻《ひね》り、人差し指で顳顬《こめかみ》を掻《か》いた。

「つて、別に知り合いの家じゃないし。あんた、友達の家の隣に誰が住んでるとか知ってる訳？　そういうのチェックする人？　やだ、キモ」

「あのね」

睨《にら》んでやった。

「別に誰が住んでるとか尋いてないし。どうでもいいし。どんな家だったかって話。いや家ってか、建物よ。建物の話」

だから普通の家だってと姉は睨み返してきた。

「中川って陰険なブサ男でさ、勿論《もちろん》家に行ったことなんかないし、前通るだけだから覚えてるって程覚えてないけど、お店とかじゃなくてただの家でしょ」

「切り株とかあった？」

「何だって？」

何を言ってるんだこの娘という顔である。まあ、自分でもどうでもいいと思っていることなので、尋き方もぞんざいになってしまう。だから仕方がないとも思うのだが。

どうも見覚えがないのよねと言った。

「見覚えって？」

「あんな家あったかな――と思ったの。通り掛かりに」

「切り株って？」

「切り株が四つあったの。あの通りにそんなものあった？」

「ない」

即答だった。

「あったの。今日。というか、さっき」

「ない。あだち屋の横でしょ？　あの大通りはあたしだって相当通ったんだから。道に面したとこに切り株なんかがあったら、あたし絶対に座ってるし」

「だから尋いてるんじゃない」

堂々巡りである。

「私も見覚えがなかったの。切り株もそうだけど」

あの古い家も。

「古いの？」

「古い——と思うよ。あれは昭和の家だよ。『三丁目の夕日』的」

「そんな古いの？　なら見てない訳ないじゃん」

母さん母さんと姉は上体を後ろに反らせて母を呼んだ。

「あのさ、あだち屋さんの隣とかに——」

そこまで言って姉は体を起こして私を見た。

「何？」

「あんたさ、切り株って、切り株でしょ」

何を言ってるんだかこの姉は。

「切り株があるってことは、つまり樹を伐《き》ったってことよね？」

「伐らない切り株はないでしょうよ」

「じゃあ樹があったんじゃないの？」

「あったんでしょ。前は」

「だから。伐る前は樹があったから家見えなかったんじゃないの？」

「そんな——かなあ。だって狭い庭だよ。庭っていうか、家の前の空き地だよ？　森とか林とかある訳じゃなくて。うちの前より狭いし」

ならそんな余計じゃんと姉は言った。

「そんな狭いとこに——何本あったのよ、樹」

「切り株は四つ」

「立て込んでるじゃない。樹が目隠しになってたんでしょ。つうか、そのために植えてたんじゃないの。塀代わりっつうか。囲い代わりっつうか。でなきゃ植えないってそんな」

「そうか——でも、伐っちゃったんだよ」

「だから見覚えない建物が見えたんじゃないのよ」

「え？」

じゃあ、伐ったのは昨日今日とか、そういうことなのか。そう言うと、そんなことまで知らないけどさと姉は答えた。

そこで母が台所から顔を出した。

「何よ。あだち屋さんがどうしたって？」

「別にいいの。この妹《こ》が少し変なだけみたいだから。あそこ潰れて何年？」

「あんたが高校出る少し前の春よ。だから、紅葉《もみじ》が中三になるちょっと前。お父さんが倒れた年でしょ」

私が中学二年というと——やっぱり十一年か、十二年くらい前のことだ。

慥《たし》かお婆さん死んじゃったのよねと問うと、母は怪訝《けげん》な顔をした。それから、まあ死んじゃったんだけどねえと妙な答え方をした。

「けど何？」

「覚えてないのあんた。やだ、そんな子供でもなかったでしょうに」

「覚えてないって何を」

　母と姉は顔を見合わせている。私は何か重大なことを忘れているのか。いや、たとえ何があったのだとしても、そもそもあの団子屋だか餅屋だかに関しての出来ごとであるのであれば、それは私たち家族にとって重大なこととは言えまい。私たちはただの客なのである。

　姉が眼を細めた。

「あのさ——あそこのお婆さん、死んでたのよ。死んだというより」

「意味わかんないけど」

　あらホントに忘れてるっぽいと姉は肩を竦《すく》めた。

「あのお婆さんは覚えてるのね？」

「いや——」

　まあ覚えてはいるのだが、顔なんかははっきりしない。和服を着ていたことは間違いない。何とか思い出そうとしたのだが、絣《かすり》っぽい地味な着物を着て、手拭《てぬぐ》いかなんかを肩というか襟のところに当てて、白髪を後ろに結い上げた——という、典型的な昭和の老婆ビジョンが浮かんだので、私は即座に打ち消した。それではもう、昔の漫画だ。

　まあ、ガラスの引き戸があって、そこに貼り紙かなんかしてあって、開けると間口の三分の二くらいのショーケースがあって、そこに餅だの団子だのが並んでいて、その後ろが帳場みたいになっていて、お婆さんはずっとそこに座っていた——んだと思う。

学校の行き帰り、目を遣《や》れば必ずお婆さんの顔が見えていた。

まあ覚えてるけどと答えた。

「座ってたじゃん」

「座ってたね」

あのまま死んでたんだってと姉は言った。

「あのまま？」

「だから、お餅買いに来たお客さんが何話しかけても返事しないから、変だなと思って能《よ》く能く見たら、座ったまんま死んでたって話よ。大騒ぎだったじゃない。警察とか来て。死後四日とか言ってたから、四日間死体が帳場に座ってた訳よ。接客もしてた訳」

「あ？　死人がお餅売ってたの？　そんなん怪談じゃん」

「馬鹿かお前。怪談とかじゃなくてさ。勿論話し掛けたって返事なんかしないわよ死んでんだから。でもさ、お客の方はまさか死んでるなんて思わないからね、みんな変だと思っただけで、買うの諦《あきら》めて帰ってたのよ、四日間。四日目ぐらいになんと、もうお餅なんか干からびちゃってるでしょうに。だから気がついたのよ」

「でもあそこ――人通りが多いじゃん。丸見えでしょ？　気づかないか？」

駄目だこの娘と姉は更に呆《あき》れた。

「何よ」

本気で忘れてるじゃんと姉は言う。

「あの通りって、近在の小中高の通学路じゃん。あたしの高校もあんたの中学も生徒のほぼ半数以上が使う道だから、すげー騒ぎになったじゃん。死体の横通って四日も通学してたって。中には死骸《しがい》が挨拶《あいさつ》したとか手を振ったとか言い出す馬鹿もいて、それはもう怪談つうかデマだったんだろうけど、三箇月くらいはぎゃーぎゃー言ってたでしょうに。あんたも言ってたわよ。お姉ちゃんお姉ちゃんって毎日デマ教えてくれたし。同級生が死体から大福買って、食べたら病気になったとか、買った餅捨てたら婆さんが夜に来たとか」

まったく――。

覚えてない。

いや――まったく覚えていないという訳でもないのか。

言われてみればそうだったかなという気はするし、耳新しい話のわりに初めて聞いた話という感じもしなくて、デジャビュめいた感覚もややあるから、要するにどうでもいいこと認定されて放り出された記憶の一つなのである。いや、認定したのも放り出したのも私自身なのだが。

「あることないこと、話題持ち切りだったじゃん。三箇月過ぎたくらいで、今度は幽霊騒ぎよ。あだちの婆さんが店番してたとか掃除してたとか。それはまあ、すぐに止《や》んだけどさ。茂田《しげた》パンが出来たし」

茂田さんもすごいハンディだったわよねえと母が言った。

「最初の頃はお客さん寄りつきやしなかったもの。またあれ、一回壊すなりすればいいのにさ、裡《なか》をちょっと弄《いじ》っただけで外装とか同じなんだものねえ、お店」

外装とかってレヴェルじゃないじゃんと姉が続ける。

「看板掛け替えただけだし。だってショーケースまで一緒だったんだから、最初。ほぼ居抜きじゃん。パン屋っぽく改装したの、出来て五年くらい経ってからだわよ。あたしプーしてた頃だから。だから、パン屋になってからも婆さんの幽霊の話は夏場になるとぶり返してたんだから」

「ああ」

それはなんか覚えている。

「パン屋にお婆さんの幽霊が出るって、みんな言ってたわ。高校の時とか。だからあのパン屋のパンは不味《まず》いんだって」

それ繋《つな》がりないしと姉は笑った。

「幽霊出ると不味くなるのか」

「味変わるんだって」

流石《さすが》あたしの出身校頭悪ゥと言って姉は大いに笑った。

母はお茶を淹《い》れながら、それより息子さんよ息子さんと言う。

誰の息子かわからない。

「足達《あだち》さんとこの息子さん。一緒に住んでたのよ。知らない？」

「それはあたしも知らないわ。一人暮らしじゃなかったの？　あのお婆さん」

「違うのよ。お餅とかは息子が作ってたのよ。それが、ちょうどお婆さんが亡くなった日からいなくなっちゃってて、連絡もつかなくて、一時警察に疑われてたのよ、息子さんが。でも、慥《たし》かちょうど海外旅行に行ってたとかで、お母さん亡くなったのも知らないでいてさあ、十日くらいして戻って来て、あれ、一回捕まったんじゃなかったかしらねえ」

「ナニ、殺人事件っぽい死因だったっけ？」

「いや、ただ死んだのよ。でもほら、あるでしょ、何て言うの？　死体とか、死にそうな人とか放《ほ》っとくの。遺棄とか、保護責任者ナントカとか。能《よ》くわからないけどね。またあの息子が愛想のない息子でさあ。もう六十近くだったのに独身で、人付き合いもなくて、今でいう引き籠《こも》りみたいな」

「引き籠り海外旅行かなくね？」

「知らないわよ。挨拶とかしないのよ。あの人どうしたのかしらねえ」

「まあ、塩大福とすあまは美味《うま》かったけどねえ」

すでに母姉《おやこ》の話題の中心は私が団子屋と思い込んでいた餅屋の方にシフトしてしまっていて、戻る気配はまるでなかった。私は会話についていけず、気になったまま入浴して、まあその後は珍しくビールかなんか飲んで、そのままぐだぐだになった。

姉は泊まっていくようだった。

気持ち普段より自堕落っぽくなっていたので朝は盛大に寝坊して、脇目も振らずに駅まで走ったので、もう団子屋も切り株も完全に消えてしまっていて、諸々《もろもろ》を思い出したのは帰宅途中、しかも電車を降りて例の道に差し掛かってからのことだった。

いや、どうだったっけ。

まあ、姉の言うことは尤《もっと》もである。

あの古い家はずっと目隠しに植えた樹木に覆われていたので、路肩からは見えなかったのだ。その樹が伐られてしまったから建物が露《あらわ》になったのである。ならまあ、景観に見覚えがなくっても当然だろう。樹はずっとあったのだろうし、あの家自体が古いのだから樹も古い筈で、ならば私はこの町に越して来てからずっと、樹のある風景しか観ていなかったことになる。

最近伐ったのなら古い建物も初めて見る景観、ということになるだろう。

理屈は通るし、不自然でもないし、尤もだし、疑いようもない——気はする。

ただ。

問題なのは、あんな処にそんな樹が茂っていたかという点で——。

そんな景観もまた、記憶にはないように思うのだ。

というか、ないのだ。そんな記憶は。

街路樹はある。家の前に植物を植えている家も多い。でも、あの団子屋——いや餅屋の横に、そんな建物を遮蔽《しゃへい》してしまうような樹木があっただろうか。しかも四本も。

覚えはない。

でも。

私は自分の記憶力に自信が持てなくなっている。

顔見知りの老婆が店先に座ったまま死んでいて、しかも四日間放置されていたなんて話は、今聞いたってショッキングで、到底忘れる訳がないことだと思う。それを完全に忘れている。

母や姉が呆れ顔になった気持ちも、今はわかる。

忘れないだろう、そんな話。

身近な日常を彩る面白エピソードとしては破格に近いものじゃないだろうか。まあ人が亡くなっていて面白とかいうのは不謹慎だとしても、そんなにある話ではない。インパクトは相当に強い。何たって、私自身も死体を――死体と知らずに、レヴェルの話ではなくて、自分の体験でもある訳である。

それを。

完全に忘れていたのだ、私は。

だから、その樹木に覆われた古家のビジョンというのも、もしかしたら私は、あのお婆さんの記憶と同じように、どうでもいいこと認定をして放り出してしまったのではないのか。

かもしれない、と思う。

まあ、どうであれどうでもいいことなのだ。

考えるまでもなくどうでもいいことだろう。

私に見覚えがあろうとなかろうと、あるものはあるんだし、ないものはない。私以外の世界は私の気持ちなんかとは関係なしにあるのだ。私が知らないものは私にとってないに等しいのだけれど、私が知らないものも世界には沢山あるのである。

いや、たぶん私の知らないことの方が多いのだ。多いというより、殆どのことを知らないのである、私は。

路肩の家を見る。

見慣れた家だ。

見慣れてはいるけれど、間取りも、誰が何人住んでいるのかも知らない。

この家の中にどんな人たちがどんな思いで暮らしているのか、私は知らない。だから私にとってこの家は通勤途中の風景に過ぎない。壁の向こうはないに等しい。でも、壁の向こうには私の与《あずか》り知らぬ世界が厳然としてあるのだ。

そこで暮らしている人にとって、私は窓の外を毎日通り過ぎていくだけの風景に過ぎない訳だ。

私のことを彼らは何も知らないのだから。

つまり。

互いにどうでもいいことなのである。

私が悲しもうが喜ぼうがこの家の人たちには何の関わりもない。同じようにこの家の人たちが怒ろうが笑おうが、私には何の関わりもない。まして、家の外観に見覚えがあるとかないとか、本当にどうでもいいことだと思う。

——柴原《しばはら》。

表札を見た。多分、初めて見た。もう二十年以上、数えきれない程往復しているのに初めて見た。

その隣は。

——山野《やまの》。

へえ、という感じである。

だからどうということはない。

でも、私は一軒一軒、意味もなく表札を確認しながら進んだ。やや変質者っぽい。というか明らかに不審者ではあるだろう。

高杉《たかすぎ》、という家の前で私は立ち止まった。

ごく普通のブロック塀。門柱のところにポスト。その上に、それだけやや不釣り合いな大理石っぽい石の表札。

この景観はもう、実に能《よ》く覚えている。高杉という名前こそうろ覚えだったのだけれど、私は小学生の時、この門を抜けて玄関まで行ったことがあるのだ。

ここで——。

転んだのである。泣いている私を見咎《みとが》めたこの家の人——高杉さんが出てきて、膝《ひざ》頭《がしら》に出来た瘡《きず》を消毒するのにヨードチンキか何かを塗ってくれたのだった。

そう、覚えている。いまではすっかり見ることがなくなったヨードチンキの赤錆みたいな色合いも、鉄臭いような匂いも、膝小僧の上に描かれた不細工な模様まで思い出せる気がする。ついでにその時着ていたワンピースの柄まで思い出した。

思い出す必要なんか全然ないよそんなこと。

これも、まあどうでもいいことだ。というか限りなくどうでもいいことだ。

左膝の瘡もすぐ治った。怪我でさえない、擦《かす》り傷である。

エピソードとしてのインパクトは殆どゼロに等しい。でも——覚えているのだ。極めてどうでもいいことなのに、どうでもいいこと認定をしていなかった、ということか。

どんな基準なんだろう、私の記憶。

で。

その隣。

切り株が——。

あった。

四つ。

昨日よりもやや明るいので能《よ》く見える。

どの切り株の切断面も、慥《たし》かに新しい感じだった。

伐り倒して幾日も経っていないように――思える。勿論、断言なんか出来ない。樹の切り株なんかあまり見たことがない。素人目にそう見えるというだけである。

地面は土だった。苔のようなものはない。ただ、何となく緑色っぽくは見えている。

建物と切り株の間に、何か落ちている。汚れたものである。何だろう。

私は結局、切り株の前で立ち止まった。

あれは――。

首の取れた人形だ。バービー人形とか、リカちゃん人形とか、その手のものだ。首がないからどっちだかわからない。服も着ていない。もう十数年、もっとか、ずっと雨曝《あまざら》しになっているという感じである。

私は。

表札を探した。

塀も門もない。

こういう場合は玄関にあるのだろう。

しかし玄関にも何も掲げられてはいなかった。ポストもない。

と――いうことは。

空き家なのか。なる程、何かの理由で住人が引っ越すかいなくなるかしたのだ。

いや、売りに出されてしまったのかもしれない。だから樹木は伐採されたのだ。つまりこの家に現在主《あるじ》はおらず、やがては壊されてしまう――ということなのか。

そうなら。

その方がいいなと、何故《なぜ》か私は思った。壊されて新しい家が出来たなら、もう前の景観なんか完全に記憶の中から消えてしまうだろう。ならば見覚えがなかったことも一緒に消えてしまうだろう。

それなら、安心だ。

なかったことに出来るから。

顔を背け、足を踏み出そうとしたその時。

小さな窓がきっと開いた。

はっとした。

観てはいけないだろう。いや、絶対に観ちゃ駄目だろう。私は一度、隣の中川さん家《ち》の黒い鉄の柵に目を遣って、それから、どういう訳か視線を窓に戻してしまった。

小さな窓いっぱいに。

陰気な表情の老人の顔があった。

落ち窪《くぼ》んだ眼窩《がんか》の底の虚《うつ》ろな眼は何処を見ているのかわからなかったけれど、感覚的にはほんの一瞬、目が合った——という気がした。

見覚えのあるような、ないような顔だ。

男か女かもわからない。ただ老人だということだけはわかる。

としよりだ。

私は思い切り顔を振って前方に向き直り、姉の同級生でブサメンだとかいう中川さんの家の前を過ぎ、お婆さんの幽霊が出たからパンが不味くなったパン屋の前を過ぎ、無認可っぽい託児所の象の絵の前を過ぎ、そのあたりからはもう走っていて、半分くらい信号無視で道路を横断して家に辿り着いた。

あんな処に。

あんな人が。

家にはまだ姉がいた。

姉は私の顔を見るなり、なに転んだ？　と尋いてきた。

「転ばないよ」

高杉さん家の前で転んだのは小学生の頃だよ。

「それよりお姉ちゃんさ。あのパン屋のとこ、やっぱり樹なんかなかったと思うんだけど」

「その話はもうしない」

「何よ」

姉は陰鬱な顔になって私を睨んだ。

「あのさ、紅葉。あだち屋の隣の隣に樹があったかなかったかなんて私たちには関係ないことだし、知る必要もないことでしょ。ならもういいじゃない」

いいいんだけど。

良くない。だって。

気がついてしまったんだもの。

姉はいっそう険のある顔つきになった。

「いい？　あんたさ、もし自分の知ってる現実と、自分がいるこの世界が違っていたとしたら——どうなる？」

「どうなるって——」

何が。

姉は私を睨んだ。

「それ、答えは二つしかないじゃないよ。自分が間違っているか、世界が間違っているかよ。そうなるでしょ？」

「そうだけど」

普通はただ記憶違いで済まされるものなのではないのか。

世界の方が間違ってるなんて思うものだろうか。

だってどっちかでしょうと姉は言った。

「その二者択一しかないのよ。あたしはそのどちらも選びたくないの。いい？　自分の記憶だの人生だの思い出だのが嘘っぱちだったなんて、耐《た》えられる？　あたしは耐えられないわよ。同じように、自分が生きてるこの世界が嘘っぱちだったとしても我慢は出来ないわ。そんなの、何も信じられなくなる。そしたらもう」

呼吸も出来なくなるわよと言って姉は立ち上がった。

「あんたそんなことになってもいいの？」

姉は茶簞笥《ちゃだんす》の上に置いてあった紙のようなものを手に取ると、ヒステリックにテーブルの上に放った。それはちょっと滑って、私の目の前で止まった。

褪色《たいしょく》したカラー写真だった。

「これ――」

「覚えてない？　父さんが亡くなる前の年に撮ったのよ。それ、お父さんが最後に撮影した写真」

「父さんが？」

「その日、あたし部活なくて早く帰ったのよ。そしたら、ちょうど帰り道であんたと一緒になって、そん時たまたま休暇中だった父さんが道の反対側にいたの。父さん、写真が趣味だったから、カメラ持って街の写真かなんか撮ってたのよ。こんな偶然はないって父さんすごく喜んで、それでそれ撮ったのよ」

慥《たし》かに画面の真ん中に私と姉が並んで写っていた。

私は中学指定のジャージ姿で、姉は制服だ。

でも。

それは私たち姉妹を撮ったスナップ写真というよりも、やはり街の写真なのだった。

私たち二人の姿はとても小さい。主たる被写体は風景なのだ。

私たちが立っているのは、どうやら中川さんの家の前である。背後には黒い鉄の柵がある。

左側のガラス戸はパン屋——いや、餅屋である。軒の上にあだち屋と書かれた看板が写っている。ガラス戸の中にはショーケースがあって、その奥にはお婆さんらしき人影も写っている。暗いので顔まではわからないのだけれど、そこに写っている限りは、あのお婆さんである筈だ。

そして私たちの右側には。

右側には。

「これ——このブロック塀って」

間違いない。

これは高杉さんの家だ。

中川さんの家の隣は高杉さんの家なのだ。

「お姉ちゃん、これ——」

姉はしかし、私の動揺を察していてなお、まるで見当外れのことを言った。

「それ撮った翌日よ。お婆さん死んでるのわかったの」

「え？」

「つまりその写真のお婆さん」

もう死体なんだよと姉は言った。

「そのすぐ後、お父さん脳梗塞《のうこうそく》で倒れちゃったからさ、ずっと現像してなかったんだけど、亡くなった後に見つけて焼いたの。それでも日付とかなかったから暫《しばら》くは気づかなくって、アルバムに貼って整理するときに撮影日がわかってさ。驚いたわよ。そりゃ驚くでしょうよ。母さん気味悪がって結局ネガごと捨てちゃったんだけど、父さんが撮った最後の写真だし、どうかと思ってあたしが拾ってこっそりとっておいたの。日記に挟んであったのよ。あたしも──思い出したんだ」

思い出しちゃったのよと姉は忌々《いまいま》しそうに言った。

「でも、いいの。あたしは関係ない。だって、今、そこがどうなってようと知ったこっちゃないから。あたしにとってそこは、その写真通りだから。その、死骸が写ってる写真があたしにとってのそこ」

「だけど──」

「もう終わり。それはあげる」

姉は不機嫌そうにそう言うと、奥の部屋に引っ込んでしまった。

私はもう一度写真を見た。

黒い鉄柵の中川さんの家と、私が転んだ高杉さんの家のブロック塀はぴったりくっついている。隙間なんかない。そう、これは、この風景なら見覚えがある。

でも、さっき、ついさっき、具《つぶさ》に観てきたあの、切り株のある家は。首の取れた人形は。あの古い、陰気な、表札のない建物は──。

私は視軸をずらしてお婆さんの死骸を見詰める。暗いし、ガラス戸越しだし、奥まっているし、ピントもそこには合っていないから、座っているそれは男か女かさえわからなかった。

見覚えがあるのかないのかもわからない。

ただ、どういう訳か老人だということだけはわかる気がした。

としよりだ。

私は更に注視する。

落ち窪んだ眼窩の底の虚ろな眼はいったい何処を見ているのか。

この被写体が、この時本当に死んでいたのだとすれば、このとしよりは、いや、としよりに見える死骸は、何も見ていないのだろう。

これはお婆さんじゃない。骸《むくろ》だ。屍《しかばね》だ。

死体だ。

その、写真の死人の眼と。

目が合った。

すると右耳のすぐそばで声がした。

「見えないものは見ようとするな」

低い、嗄《しわが》れた声だ。

驚いて振り向くと今度は左の耳許《みみもと》で、

「死ぬぞ」

と言われた。

耳に息がかかった気がしたが気にせず、私は目を閉じて姉と同じ選択をした。

切り株なんか。

ないよ。

鬼き棲せい

出窓から差し込む午後の陽は、ニードルレースのカーテン越しに細かく分断されて柔らかな点となって部屋に降り注いでいる。差し込むというより降り注ぐという感じである。光のドットは良い感じで部屋のあれこれの輪郭を曖昧《あいまい》にしてくれている訳だが、それでも明暗だけは瞭然《はっきり》とつけられているから、まるで点描の絵画のようだ。

窓には磁器人形《ビスクドール》が座っている。

正確には置かれているというべきなのだろうが、やはり座っていると表現したくなってしまう。生きているようには見えないけれど、ただの置物には決して見えない。瑞々《みずみず》しい皮膚《はだ》の質感などは、およそやきものとは思えない。かなり古いものだ。制作年代は遥《はる》か昔だそうで、聞けば百年だか二百年だか前だというから、正真正銘の骨董《こっとう》である。

この家より、持ち主よりうんと古い。

アンティーク・ドールである。

衣服などはもう相当に古びていて、触ると破けそうな具合なのだが、人形の肌の質感だけは変わらない。

僕が生まれた時は既にここに置いてあった訳だから、少なくとも二十五年以上はずっとこの恰好《かっこう》で、ずっとこの場所にあるということになる。

そんなに永い間着たきりなのだ。

尤《もっと》も、人形は汗もかかないし脂も出ない。動くこともない。衣装が傷むこともないのだろう。だからといって、衣装の素材は普通の布だ。ただの布というのはそんなに長期間保《も》つものなのだろうか。もしかしたら、下手に触ると服が破けてしまう虞《おそ》れがあるから、ずっとここに置いてあるのだろうか。

兎《と》に角《かく》、記憶にある限りこの人形が動かされた様子はない。

その割に、埃《ほこり》が付いている様子もないし、日焼けもしていない。そういうものなのかもしれない。

こんなに西陽が入るのに。

そんなことを考えていると、伯母《おば》が背後のドアを開けた。紅茶の香りがする。伯母は紅茶が好きなのだ。

「外を見ているの？　人形を観《み》ているの？」

伯母はそう言った。

「こっちの方角に顔を向けていただけですよ。何も視《み》てません」

「そうなの」

お紅茶ですよと伯母は言った。香りで判りましたよと答えた。

「あら、あなた紅茶が判るようになったの」

「紅茶だということしか判りませんよ。種類が判るもんですか」

「そうなの。今日は祁門《キーマン》なの。香りが甘くない？」

「さあ、美味《おい》しそうだとは思いますが、この間戴《いただ》いたのと違いは判りません。飲んだって判らないかもしれない。味覚も嗅覚《きゅうかく》も、大雑把なんです。いや、それ以前に僕は日本人ですからね。イギリスの人なんかは判るんですかね？」

伯母はころころと笑う。

佇《たたず》まいも、声音《こわね》も、この部屋に能《よ》く合っている。

「あなたも大きくなったのね。この間までこんなにちっちゃかったのに」

「どういうリアクションなんです。育つのと味が判らないのは関係ないでしょう」

「そういう理屈を言うようになったんだなと思ったのよ」

「僕の味覚は日本人の味覚なんです。緑茶や番茶の方が判りますよ。日本で紅茶できないでしょう」

あらできるのよと言って、伯母はカップを僕の前に置いた。

慥《たし》かに甘い香りがした。

「発酵の度合いの問題だもの。茶葉が採れれば作れるでしょ。国産の紅茶もあるし、美味しいわ」

「そうかもしれませんけど」

「それに、イギリスの人は紅茶を好む文化を持っていて、だから沢山紅茶を飲むんだけれど、紅茶の産地はインドやスリランカじゃない。この紅茶だって中国産だわ」

「まったく知りませんでした。物知らずです。無駄に大きくなりました」

本当にねえと言って伯母は僕を眺めた。

少しばかり照れる。

親戚《しんせき》の、しかもお婆さんに視られたところでいったい何が恥ずかしいのかという話なのだが、どうもいけない。年齢如何《いかん》に拠《よ》らず、女性として意識しているということもない。伯母は服装やライフスタイルも含めて、徹底的にユニセックスな人だ。

人だけれども、男でも女でもない。

そんな人だ。

「でも人生に無駄はないわ」

どうしても無駄というなら全部が無駄ねと伯母は言って、また笑った。

伯母は、父の双子の姉ということになっている。

多分、違う。子供の頃からそう教えられていて、勿論《もちろん》疑ったことなんかはなかった訳だけれども、違うんだと思う。父と伯母は、まるで似ていない。とはいえ、双子でも二卵性双生児はそんなに似ていないこともある訳だが、問題は戸籍だ。

父が亡くなった時に発覚したのだ。

どうも父は一人っ子だったらしい。

祖父母は疾《と》うに他界しているし、父方の親戚というのはいない。母は知っていたのだろうけれど、母も僕がまだ幼い時分に亡くなっているから、確かめようもない。

今更本人に尋《き》くこともできない。

いや、できないことはないのだけれど、もう知りたくないという気持ちの方が強い。

伯母はずっと伯母であり、この期《ご》に及んでそうでなかったと言われたところで、僕はどう受け止めていいのか解らない。

違っていたとして——。

ならこの人は誰だということになるのだし。

素性はどうであれ伯母は昔からずっと伯母で、今も僕の伯母だ。

ただ、どうであれ、伯母はもう若くはない。父の双子の姉であってもおかしくない年齢ではある筈《はず》なのだから、若くないということだけは間違いないだろう。

父は十五年も前に亡くなっているのだけれど、生きていたならもう六十を軽く超している勘定になる。亡くなった人の年齢は亡くなった時点で止まってしまうものだけれども、生きている人は齢《とし》を取る。父は僕がまだ十歳になったばかりの頃に死んだ。その時もう五十歳は過ぎていたと思う。僕は、遅い子供だったのだ。

享年五十だったとして、生きていたなら六十五歳である。

でも、伯母はそんな年齢にはとても見えない。知らなければ四十代くらいに見えないこともない。時にもっと若く思えることもあるくらいだ。

時たま、少女のように感じられる時さえある。

無意識のうちにそんな風に見てしまっていて、慌てて打ち消すこともある。

この人はお婆さんだ。どこか世間擦れしていない話し方や、立ち居振る舞いがそんな風に見せるのだろう。顔も、体形も、昔からそんなに変わっていないと思う。髪の毛だって、染めているのかもしれないけれど、黒い。服装もずっと同じだ。

勿論、窓辺の人形とは違うから、同じものをずっと着ている訳ではない。

でも、記憶の中の伯母は概《おおむ》ね同じような服装だ。黒いセーターに、灰色のパンツ。季節感もない。多分夏は薄手のものを、冬は厚手のものを着ているのだろう。

あまり考えたことはなかったが、そうでなくてはおかしいだろう。

半袖《はんそで》の服を着ている記憶もない。伯母はいつも長袖だ。

若い頃の伯母の写真など見たこともないけれど、娘時分からずっとこうだったとするなら、かなりボーイッシュなスタイルの娘さんだったのだろうと思う。

伯母はずっとこの家に棲《す》んでいる。

この、半端な広さの、半端に古い、半端に立派な洋館は父の生家である。

大正八年に建てられたのだそうだ。

もうちょっと大きくて、もう少し古くて、もう僅《わず》か立派だったなら、まあそれなりの評価を得られる洋風建築なのだと思うけれど、そんなことはない。ただの古い家だ。

伯母はもう、ずっと独りでここに棲んでいるのだ。

父は、母と結婚した時に家を出たんだと能《よ》く言っていた。

父方の祖父母はそれより前に亡くなっていたようだから、それなら伯母はもう、四十年もずっと独りでここに棲んでいるのだ。一人暮らしを始めた頃、伯母はまだ二十五歳くらいだったということになる。

今の僕と同じだ。

二十代の伯母など想像することもできない。

僕が生まれた頃には、伯母は四十歳見当だったことになる。

そんなものだろう。

僕の記憶の中の伯母は最初からそのくらいの年齢だ。そして、ずっとそのまま変わらないのである。今だって、そんなものだ。

いつまで嗅《か》いでいるのよと伯母は言った。

「冷めてしまいますよ」

「ああ、いや、本当に甘いですね」

「甘くないのよ、でも」

「甘いですよ。甘いって言ったじゃないですか」

「匂いだもの。甘いって、味でしょ」

「そうだけど——」

僕は、透き通った赤い液体を眺める。

「勿論甘味もあるんだけど、香りから想起する甘味とはまるで違うものだわ。お砂糖を入れでもしない限りはお茶の味。お茶はお茶だもの」

「揶《から》ってます？」

揶《か》ってないわと明るく言って、伯母はお茶を飲む。

「美味しい。あのね、香りが甘いって、予感だと思うの」

「予感？　解りませんね」

「だってそうじゃない。アップルティーなんかは、林檎《りんご》の香りがするわよね。だからあの果実の甘味を予感してしまうの。でも、アップルジュースじゃないんだから、アップルティーにあんな甘味はないのよ。お茶はお茶なのよ」

「市販のヤツは甘いですけど、あれは甘くしてるんですね。でも——林檎ジュースは甘いですけど、考えてみればそんなに香りませんね」

冷たいものね、と伯母は言った。

「お茶の場合は想像しちゃうのよね、林檎の味を」

「味覚って、総合的なものなんじゃないんですかね。見た目も含めて」

まさにそうよねえと伯母は言う。

「味や香りって、表現しにくいのよ。ほら、薔薇《ばら》の香りとか麝香《じゃこう》の香りとか、柑橘《かんきつ》系だとか。もうそのもので、何の説明にもなってないでしょ。それはどんな匂いなのと尋かれたって、答えられないわ」

「甘い香りとか、酸っぱい香りとかだって、味でしょ。で、その味だって、所詮《しょせん》甘いか辛いか苦いか、そんなものよ」

「えぐ味とか」

「それって、結局ちょっと苦い――ってことかしらね」

「さあ」

考えたこともない。

「所詮は組み合わせなのよね。生理学的には五種類しかないみたいよ。甘味、塩味、酸味、苦味、それからうま味ね。うま味って、どんな味なのか表現できないわ。でもあるのよ、うま味って。渋味だってえぐ味だって、だから組み合わせなの。どんな味もこの五つの組み合わせなのに、その微妙な差を表す言葉って、そんなにないのよね」

「辛いのはどうなんですか」

「刺激が強ければ何でも辛いんじゃないの？　激辛って、あれは味じゃないのよね」

「そう言われればそうですけども」

「中国語だと、塩辛いは咸、辛いは辣、舌が痺《しび》れちゃうのは麻。咸に麻がちょっと足されると辣って感じなのよね。カレーって辛いけど、実は酸味がベースなのよ。あれは塩味じゃないでしょう。酸に麻を加えたのがカレーの基本。後は足してくの。結局組み合わせね」

「まあそうですね」

組み合わせた後の言葉が少ないのよと伯母は言う。

「困っちゃうのよね」

伯母は、翻訳の仕事をしている。

翻訳家というと、英語だとかフランス語だとか——概ね欧米、そうでなくてもロシア語なんかと思われがちなのだけれど、伯母は中国語の翻訳が専門である。もう何十年も続けているのだから本も何冊も出ているようなのだが、実は読んだことがない。どんなものを訳しているのかすら知らない。

「色なんかはすごく語彙《ごい》が豊富なのよね。日本語にも色の名前は沢山あるでしょう。あり過ぎちゃって名前を聞いただけじゃどんな色なのか判らないという人も多いみたいだけど。まあ、色の名前も匂いと同じで基本はものに拠ってるんだけども、臙脂《えんじ》に韓紅花《からくれない》に深緋《こきあけ》に、それは細かく名付けられていて、しかも平安時代の服飾では組み合わせた時の名前まであるのよ。表地が紫《むらさき》で裏地が紅《くれない》だと脂燭《しそく》色、とか」

伯母はこういう話をする時は楽しそうだ。

眼が、若々しい。

「僕は、浅葱《あさぎ》色をずっと赤っぽい色だと思ってました。恥ずかしい話ですが、子供の頃じゃなく、つい最近まで。何か刷り込みがあったんでしょうけど、漢字を知って、おやと思って考え直し、それからは黄緑色だと思い直したんだけど、どうやらそれも違いましたね」

るんじゃないの？」

「緑ではないわねえ。寧《むし》ろ薄い藍《あい》だから、緑味は薄いかも。あなた、萌葱《もえぎ》色と雑《ま》じって

「そんな偉そうな間違いじゃないです。ネギはまあ緑だろうという不見識が齎《もたら》したもんですよ。僕は桃色と桜色の違いも判りません。みんなピンク色ですよ。親父が買ってくれたクレヨンが十二色しかなかったんですよ」

「十二色にピンクはあるの？」

「あったと思いますよ。基本、原色と白黒と中間色でしょう、覚えてないけど」

「中間色って、緑と紫と橙《だいだい》ってこと？　まだ足りないわ」

「白と青で空色、白と赤でピンクですよ。後、茶色と黄緑だったかなあ。色鉛筆も絵の具も親父が買ってくれたのは十二色でした。まあ絵の具は混色できるけれど、他は無理ですからね。多くても精々二十四色でしたね。そういえば、あの、絵の具の黄土《おうど》色とか群青色とかは何故《なぜ》入ってるんですかね」

あの群青色ってちょっと違うのよねえと伯母は言った。

「あなたのお父さんは、芸術系にはまったく無頓着《むとんちゃく》だったから。子供の頃に描いた絵なんかそれは酷《ひど》かったもの。ずっと馬だと思ってた絵が、鶏《にわとり》だったの。脚が四本あるだけじゃなくて羽すらなかったの。ただ鶏冠《とさか》はあったのよねえ。鶏、見たことない訳なかったんだけどもねえ」

「余計なことは記憶しない人なんですよ。ニワトリは余計だったんじゃないですか」

父はとても合理的な人だった。

「鶏は余計じゃないわよ。鶏に悪いわよ」

ねえ、と言って伯母はまたころころと笑った。

屈託がない。

父が子供の頃、この人も子供だったのだろうか。

「でも、余計なものを記憶しないって、不幸なことだわ。あのね、桃色を目にすると桃の花の香りが甦《よみがえ》る。桜色を目にすると桜の花の香りが甦る。そういうものなのよ。味も一緒。喚起される記憶が多い程、人生は豊かよ。濃《こまや》かな記憶こそが、人を人にしているのよ」

「はあ」

色の区別がつかないだけでなく、桃と桜の香りの違いが曖昧だ。嗅ぎ比べてもわからないかもしれない。

「予感って、記憶でしょ」

時たま、伯母は判らないことを言う。

「いや、予感って先のことでしょう。記憶は過去のものじゃないですか」

「過去の何かを未来に当てはめるのが、予感じゃない。だって、先のことなんか判らないんだし、実際起きてしまうまでは——ないのよ？」

「ああ。そうか」

「ものを知ることは素晴らしいことね。想像力想像力っていうけど、経験値を上回る想像力なんかないわ。見聞きしたことのないものは想像できないのよ。知っているものをどう組み合わせるかってことよ。組み合わせることで未知のものを予測することこそが想像力だと思うの。なら、組み合わせの素材は多い方が好《い》いでしょ」

「そうですか？　何にもないとこから想像できませんか」

「それは創造。字が違うわよ。でも、何か作るにしたって、自分のいる世界そのものは変えられないんだから、やっぱり同じことよ。ベースになってるのはその人が知ってること。自分が生きてる世界と無関係なものを生み出すことなんか、人にできることじゃないのよ。世界自体を創造できるなら、それって神様じゃない。どんなに変梃《へんてこ》なことを考えついたとしたって、能《よ》く能く考えてみればどれも自分の知識を逸脱するようなもんじゃないのよ。どうであれ選択肢は多い方が好い訳だし」

人は予感するから人なのよと伯母は言った。

「動物だって予感くらいあるでしょ」

「ないわよ。学習はするけれど、あれは、起きたことに対する反応。こうなればこうなる、ということを学習するから、それに対して適切な反応をするだけよ。動物は人よりも色々なところが鋭敏だから、速く反応するだけ。それを予知というなら予知なんだろうけど、鯰《なまず》が地震を予知するのはそれに相応《ふさわ》しい刺激があるからなのであって、別に摩《ま》訶《か》不思議なものじゃないでしょ」

「予知と予感は違いますかね」

「違うのよ」

伯母は窓の人形を眺めた。

「次に何が起こるか予《あらかじ》め知るのが予知。予め知るというんだから、予知は絶対に外れない筈よね。というか、当たり外れとは関係ないのよ。一足す一という数式から二という答えを導き出すのと同じこと。予知能力とかいうなら百パーセント的中しなくちゃ嘘なのよ。ちょっとでも外れたらそんなものは予知じゃないわよ。精々予想か、そうでなければ期待か、多くは単なる山勘よ」

そうかもしれない。

「じゃあ予知というのは、色んな条件から先を知る、ということですかね？」

「条件を考慮して先のことを推し量るのは予知じゃなく予測よ。これは外れることもあるわね。天気予報って、だから天気予測ってことよね」

「予感は？」

「予感は、根拠が何もなくたってするものなのよ。人は、何もなくても何かを感じるものなの。直接的な因果関係がなくたって構わないの。人は常に何かを予感しているんだわ。希望だったり絶望だったり、そういう内面の動きも予感を作り出すわよね。人だけが予感を持つのよ。というか、予感するから人なのよね。一番判り易いのは、恐怖ね」

「そうですか？　動物だって怖がりますよ」

「何かなければ怖がらないわよ。弱い動物程臆病《おくびょう》だっていうけど、まあそれはそうなんだけど、だからといって無闇矢鱈《むやみやたら》に怖がる訳じゃないでしょ。何か身の危険に至るようなことが起きれば、それは対処するわよ。動物は生きるために生きてるんだから、生命の危機は回避するでしょう。弱い動物は危機が多いから、反応も速いし反応する機会も多いのよ」

「人も同じでしょ」

「そうかしら」

伯母は立ち上がって、人形の傍《かたわら》に佇んだ。

「あなた、子供の頃この人形が怖いって泣いたわ」

「え？　そうでしたっけ？」

覚えてない。

でも、そう言われればそうかもしれない。

「これは人形。動くこともないし、意思もない。ただのモノだわ。これがあなたに危害を加えることなんかなかったし、ないの。でもあなたは怖がったのよ」

人形って怖いじゃないですかと言った。

「幼いと特に。生きてるみたいだし」

「生きてると怖い？」

「いや――」

「子供だって生きてるか生きてないかくらいの判断はできるのよ。生きてないのに、生きてるような気がするから怖く感じるのじゃないの？　これ、角が生えてる訳でもないし牙《きば》が出てる訳でもない、どちらかというと可愛らしい顔よ。生きてたとしたって可愛い女の子じゃない？　どうして怖いの？」

「いやあ」

判らない。

「予感――がするのよ」

「何の予感です？」

「生き物でもないのに生きてるみたいだから、もしかしたら動くかもって考えるんじゃないの。無生物が動くって、理不尽よ。動かないんだけど、動くかもしれない。動いたら厭《いや》だけど、そういう予感がするのね。恐怖って、全部予感なの。だって、そう、殺人鬼は怖いけども、それは人を殺すからよね？　殺されるような気がするから、怖いのでしょ？　実際殺されちゃったら、怖いも何もないわ」

「殺人鬼と同席したことないですけど、まあそうですね」

「高所恐怖症って、高い処が怖いのよね。あれは、墜《お》ちる予感がするから怖いのでしょう。墜ちないと解っていても墜ちる気がするのよね？　命綱をつけたって切れるかもしれないとか思う訳でしょう。絶対平気だってインストラクターが言ったって、バンジージャンプは怖いのよね？」

「まあ、僕は厭です。ジェットコースターも厭です」

「飛行機怖い人だって、墜落するような気がするのでしょう？　それは墜落することもあるんだけれど、墜落しない飛行機の方が多いんだし、乗った飛行機が墜ちるという確たる証拠はない訳。でも墜ちるかもしれない。可能性があるというだけで、もう怖いのよね。確率でいうなら、自動車事故で死ぬ確率の方がずっと高いんだけど、それでも怖いのよ。想像するからね。いや、墜ちるということを知っているからよ」

「まあ——そうですね」

「動物は飛行機に載せても平気よ。まあ環境が変わるし、気圧が変動したり変な音とかもしたりするから警戒はするけども、それだけ。墜ちることがあるって知らないから」

「沈む船から鼠が逃げるとか、あるじゃないですか」

「船に乗ってる鼠が、いつもいつも沈むかもしれないと感じて怖がっているなんてことはないわよ。なら乗らないでしょう。沈む兆候をいち早く察知して逃げ出すみたいなことはあるかもしれないけど、それは某《なにがし》か環境の変化を受けてのことよ」

「まあ、そうですね」

「全ての恐怖は、予感なのよ。ほら、心霊とかあるでしょ？」

「あまり好きじゃないですけどね」

「あれも、全部予感でしょ」

「そうですか？　幽霊とか出るから怖いんじゃないですか？」

伯母は窓辺で、少しばかりオーバーな仕草をつけて笑った。

「幽霊？　まあいいわ。出たとしましょう。でも、幽霊捕まえてきてほら怖いだろうと見せた人なんかいないわよ。出たという話を聞いて、出るかもしれないと予感して、怖がるのよね？」

「まあ、大方はそうなんでしょうけど、でも、実際に見た、会ったという人もいる訳でしょ？　実話なんとかっていうじゃないですか」

「出て、幽霊は何をするの？　ナイフで刺す？　齧《かじ》る？」

「いや、祟《たた》る――んじゃないですか？」

「祟りって？」

「悪いことが起きるんでしょうね。まあその、最悪は死んじゃうとか」

「なら死んじゃうのが怖いんじゃないの。幽霊そのものじゃなくて」

「そう――なのかなあ」

能《よ》く解らない。

「幽霊なんかいないし、いたって怖くないわよ」

「そうですか？　いや、その心霊写真とかあるじゃないですか」

「何か変なものが写ってる写真ね。あれは、ある訳ないものが写ってるとか、変な写り方してるってだけでただの写真よね？　その写真が襲ってくるとか、写真持ってると誰かが襲いに来るとか、そういうのじゃないでしょ？」

「そうじゃないですけど、気持ち悪いでしょう。その場にいない人が写ってたり、ある筈のものが写っていなかったり――」

「気持ち悪くないわよ。写真なんだし。そういうものが写ったのなら、何か写るだけの理由はあるんだろうけど、それが判らないというだけでしょ」

「判らないのは怖くないですか？」

「判らないこと自体は怖くないでしょう。でも判らないのは厭だから、みんな何か理由をつけようとするわよね。想像して。その理由の中の一つに、その、何？　幽霊？　そういうものもあるんだろうけど、それって選択肢の中の一つに過ぎないじゃない。しかも普通に考えれば一番あり得そうもない理由よ。でも――どうしてかしらね、それを選んでしまう人がいるの。そして、予感するんでしょ」

恐怖を。

「それも予感なんですか？　ただ気持ち悪いというのじゃなくて」

気持ち悪いのと怖いのは違うわよと伯母は言う。

「気持ち悪い理由を想像して予感するから怖くなるの。知らないこと、判らないこと自体は怖くもなんともないのよ。実際――」

伯母は廊下の方に目を遣《や》った。

「壁があるから、隣の部屋のことは見えないわね。誰がいたって、何をしていたって判らない。でも、誰かいるかもしれないと思わなければ、怖くなんかないでしょ」

伯母は指差す。

「知らない人がいたら」

「そりゃ怖いですけど」

「違うの。いると考えるから怖いの」

「実際いたって怖いでしょう」

「ええ。でもそれは、その知らない人が何か良くないことをするかもしれないと考えるからこそ怖いのじゃない？　知らない人は何をするか判らない、どうしてそこにいるのかも判らない、だから——悪いことをするのかもしれない、するに違いないと、そう考えるから怖いのよ」

「まあその段階で不法侵入ですけどね。既に悪いんですよ」

いれば、でしょと伯母はまるで少女のような口調で言った。

「いなくたって、いるかもと思うのが怖いのよ」

「実際にいた方が怖くないですか？」

「そんなことないわ。だって、いたってわからないじゃない。見えないんだから。それに実際にいたとしたら、それは確実に人でしょ。いるかもと思っている状態なら、何がいるのか判りはしないんだもの。何でもいいのよ、いるのは」

人でないものがいるかもしれないんだわと伯母は言う。

「幽霊とかですか？」

「幽霊は——あんまりいただけないわね。だって、所詮は元人でしょ。人じゃないものだって、もっと色々あるでしょう。さっき言ったじゃない。幽霊程度のものしか想像できないなんて、きっと頭が悪いの。物知らずよ」

「そうか」

予感は、記憶だとか言っていたか。

「もし死人が出てくるんだとしたって、出て来たらそれは怖いものじゃないわよ。怖く感じるのは——出て来ないからなのよ」

いないから怖いのよ幽霊は。

もし出て来たらどうしますと問うと、お茶を勧めるわと伯母は答えた。

「飲みますかね、幽霊」

「さあ。いずれにしても——恐怖を感じている人には何も起きていないのよね」

何も。

「殺人鬼にナイフを突きつけられれば怖いけれど、突きつけられている段階で突きつけられている人は死んでいないの。突きつけただけで刺さないかもしれないじゃない。刺されるかもしれない、きっと刺される、刺されたら痛い、死ぬかもしれないと思うからこそ、怖いんでしょ。で、刺されて死んでしまったらそれまでなんだけど、死ななかったら——」

怖かった、と言うでしょ。

「恐怖は、死や暴力そのものではないのよ。死や暴力を受けることを、予感することが恐怖なの。殴られれば痛いし、痛いのは厭よね。でも、考えても御覧なさいよ。殴られたこと自体はもう怖いことじゃないわよね。痛いのは辛《つら》いし苦しいけど、それだって怖いものじゃない。次にもう一発殴られると思うから怖いんだし、痛みそのものも、死を予感させるから怖いのよ。恐怖というのは、何かが起きる前に感じるものなのよ」

予感。

「起きてないから、まだないの。恐怖は、見えないものよ」

ないんだもの。

「匂いとか、味とかって見えないでしょう。音も見えないけれど、音はそのまま文字という記号に置き換えて見ることができる。でも、匂いや味は見ることができないの。だから表す言葉が少ないのよ。見えないものを伝えるのって、とても大変なのね。霊だの何だのも同じよ。ないものを表す言葉は少なくて、だからうまく伝わらないのよ。ないんだものねえ」

「ないんですか?」

「ないわ。中国の鬼というのは、日本の鬼とは違うのね。一般には幽霊みたいなものと思われてて、それはまあそうなんだけど、ちょっと違うの。鬼って、見えないものなのよ。何故《なぜ》見えないかといえば、それは、ないから。ないものは見えないでしょ」

「まあ」

「ないものを見るには、記憶に頼るしかないのよね。見たことないものは想像しようがないもの。鬼というのは記憶なの。連綿と続く過去こそが鬼よ。それを思い起こすことが——予感よね。だから人は、幽霊なんかを見てしまうような気になるのね。あらゆる恐怖は、予感なのよ」

「伯母さんの話は面白いですよ」

僕は紅茶をすっかり飲んでしまった。

逆光の、しかも光の粒を背負った伯母は、益々《ますます》年齢の判らない人に見えている。

「で——今日は何の話なんです？」

必ず本題は別にあるのだ。こんな講釈を垂れるために呼びつけたりはしないだろう。

この家のことよと伯母は言った。

「この——家ですか？」

「改めてちゃんと話しておきたかったの。この家はあなたのものなの」

伯母は意外なことを口にして、再び椅子に座った。

「この家はあなたのお父さんの名義だったの。お父さんが亡くなった時に、他の財産と一緒にあなたが相続しているのよ。だから、今の所有者はあなたなの」

「そんなこと——聞いてませんよ」

父が亡くなった時、僕は母方の祖父母に引き取られた。父は財産をそれなりに遺《のこ》して逝ったから、祖父が後見人のようになって、慥《たし》かにあれこれ相続した。

でも、家の件は知らない。今の今まで伯母のものだと思っていた。

「でもそうなのよ。相続の手続きだとか、税金だとか、そういうのは」

「祖父がしてくれました」

祖父も昨年他界した。

交通事故だった。

「お祖父《じい》さん、急なことで驚いたわよ。私がこんなだから生前は何かとご面倒《めんどう》をかけたのよね。でもあまり急だったので、あなたに伝わっていないこともあったのじゃないかと思って。この家のことは私から言うべきだと思うって前々からお願いしていたし。本当はあなたが成人した時に言うつもりだったんだけど、あなた大学が遠くって、あまりこっちに帰って来なかったじゃない。それで言いそびれてしまって、ご免なさいね」

「そんなことは構いませんけど――」

「ここ、あなたのお父さんが相続したのよ。私は放棄したから。ここも財産のうちだったの」

「伯母さんは？」

棲んでるだけよと伯母は言った。

「住み込みの管理人のようなものなの。私はずっと、ここにいるから。いさせて貰《もら》ってるだけ。何の権利もないのよね。ただで住まわせて貰ってるの。以前はあなたのお父さんのもので、今はあなたのもので、いずれはあなたの子供のものなんだもの」

「そんな風に言わないでくださいよ。子供って、僕にはまだ相手もいないんですよ」

「そうだけど、そうなんだもの。それで」

伯母は人差し指を立てた。

「ひとつ、お願いがあるの」

「何ですか？」

「壊さないで」

「壊す？」

何を。

「私が生きているうちは。売ったりしないで」

「売る？」

この家を？

「ずっと、ここにいたいの。私はこの家しか知らないのよ。若い頃はそれでもまだ出歩きもしたけれど、この頃は仕事関係の人もここに来てくれるし、週に一度買い物に行く以外ずっとここにいる。本当に、ずっとこの家の中にい続けているの。身勝手な言い分だけど、いさせて欲しいの」

「何言ってるんですか。売ったりしませんよ。ちゃんと就職しましたから、今のところ生活には困ってませんし。僕にはあっちの祖父の家もありますからね。ここを売るような理由は何一つないですよ」

お願いよと伯母は言った。

「我《わ》が儘《まま》かしら」

「いや、だから全然我が儘じゃないですよ。ここは、伯母さんの家ですよ、僕にとっては。名義とか権利とかまるで関係ないですよ。法律上はそういうことになってるのかもしれないですけど、この家は僕が生まれた時からずっと伯母さんの家です」

良かったと伯母は言った。

本気で少女のようである。

「ただ、相当古いですからね。ガタが来てたりしませんか？　耐震性とか、大丈夫なんですか。寧《むし》ろそっちの方が心配ですけど」

「あちこち傷んではいるのよね。でも、ここと、書斎と寝室と、後はお風呂《ふろ》くらいしか使わないから。水廻《みずまわ》りはまだ平気よ」

何部屋あるんでしたかと言って、僕は室内を見渡した。

見事なまでにアンティークというか、クラシックというか、そうした部屋だ。調度も装飾品も、何もかもが時代物で、まるで映画のセットのようだ。

「それだけよ、一階は。お台所とトイレと、ああ、お父さんが使ってた部屋がある。今は不用品置き場みたいになっちゃってるけど」

「結婚前に親父が使っていた部屋ということですか」

そうよねえ、と伯母は言った。

「それでも、あなたが生まれるまでは偶《たま》に帰って来て、使ったりもしてたのよ。その部屋は元々はお父様とお母様の――あなたにとってはお祖父《じい》様とお祖母《ばあ》様よね、その、夫婦の寝室だったの。子供部屋は最初二階にあったんだけど、どういう訳か十歳くらいの時に寝室をあなたのお父さんに譲って、私にはアトリエをくれたのよ。私の寝室は、だからあなたのお祖母さんのアトリエ」

「何のアトリエです？　絵ですか」

彫金、と伯母は答えた。

「作品は殆《ほとん》ど残ってないけど。どうもやめちゃったみたいなのよ、その、部屋を替わった時に。理由は知らないけど、何か」

予感がしたのかしらねえ。

何の予感だというのか。

「一階の部屋はそれだけ。後は――二階ね。客間が二つと、何にも使ってない部屋が二つ。これは、その昔の子供部屋だから、後の夫婦の寝室ね。父と母――お祖父様とお祖母様が亡くなってからは使っていない。それからほら、プレイルームよ。玉突きの台が置いてある部屋。あなたが小さい頃、能《よ》く遊んでたじゃない。もう何年も入ってないけど。埃だらけよきっと」

半端に大きい家よねえ、と伯母は言った。

「部屋数はあるんだけど、みんな狭いものね。使い道がないのよ」

「あの――扉は？」

そう。扉があるのだ。この部屋には。廊下に面した硝子《ガラス》の嵌《は》まった扉ではなく、重たそうな頑丈な両開きのドアである。

そう言えば。

開けたことがない。普通に考えれば隣室の扉だ。僕は屋敷の間取りを思い描く。玄関があって、廊下があって、この応接室があって、それから伯母の寝室、父が使っていたという部屋が並んでいて、キッチンがあって――そうしてみると扉の向こうには必ず空間がある筈だ。でも廊下に扉はないし、窓もない。けれども部屋がないのは変だ。そんなに広くはないだろうが、慥《たし》かに扉の向こうには部屋がある――べきだ。

「部屋ですよね？」

「部屋よ」

「この扉からしか入れないですよね？　僕は一度も入ったことないですね。物置か納戸のようなものですか？」

しかし応接室に物置を隣接させるだろうか。それに、その類《たぐ》いのものだとすると扉が立派過ぎる気がする。記憶では、二階の客間の扉の方が小さくて質素だ。しかも総《すべ》て片開きだったと思う。

「そこは入れないの」

伯母はそう言った。

「入れない？　その、使ってないとかいう部屋――は、二階ですよね。じゃあそこは」

開けられないのよと伯母は言った。

「開かない？　開かずの間ですか？」

「開かずっていうか、開くんだけども、でもその扉は開けちゃ駄目なのよ」

「どうしてですか？　伯母さんも入ったことないんですか？」

入らないわと伯母は答えた。

「入れないのよ」

「鍵《かぎ》がかかっているんですか？」

「鍵なんかかかってないと思うわ。でも――入らない。入ったって何もないの」

「何も？」

その部屋の中には何もないのよと、伯母は繰り返した。

「いや、何もないって。どういう意味です？　家具も何もないんですか？　何のための部屋なんです？」

「何のための部屋でもないわ。強いて言うなら、入らないための部屋」

「それこそ意味が解りませんよ。入らないなら扉は要らないし、そもそも部屋が要らないでしょう。本当に入ったことはないんですか？　誰も？　親父もですか？」

「誰も入ったことはないわよ。この家が建てられた時から――いいえ。その前からずっと、そこは入らないために囲われた部屋なのよ」

「何ですって？」

僕は何だか急に――。

「それは、例えば何かを閉じ込めているとか、そういうことですか？」

「閉じ込めるって何を？　そんなものはないの。いい？　何度も言うけど、その扉の中には何もないの。だから見ては駄目。というか見る意味がないわ。何もないんだから」

「何もないんですか」

「ないの」

ないものは――うまく伝えられない。

言葉もないから。

「見たら、どうなるんです」

「どうもならないわよ。何もないんだもの。あなた、まさか祟りとか幽霊とか、そんな陳腐なもの想像してるんじゃないでしょうね？　そんなものは――」

「ない――んですよね」

ないわよと伯母は、いや、伯母のような少女のような人は軽やかに答えた。

「なら」

「ないの。何もないの。でも、絶対に開けちゃ駄目なのよ。開けると、意味を失ってしまうのよ、そこ」

「意味？」

「だって、ないということが判ったら」

なくなってしまうじゃないの。

「見なくたっていいのよ。匂いはするし」

「匂い？　何の匂いですか」

「匂いはね、上手に言い表せないのよ。言葉が少ないから。私はこの、ないものを囲った部屋と生きてきたのよ。予感とともに。ずっと。予感は記憶よ。あなたは、この家を相続したのだから――」

　ないものも相続したというのか。

　いいや。多分この家は未来永劫《えいごう》僕のものにはならないし、僕のまだ生まれてもいない子供のものにもならないだろう。そして、未来永劫壊されることもない。この人は私が生きているうちは壊さないでくれと言った。なら永遠に壊せないだろう。

　この人は――何者なのだろう。

　僕の伯母なのだろうか。

　この人は――。

　僕は予感を抱いた。

　伯母らしき人は、にこりと笑った。

鬼気《きき》

顔を半分隠した女が付いて来る。

気持ちが悪い。

単に同じ方向に歩いているだけかと思いもしたが、違う。

跡をつけているのだ。

駅を出てからずっと付いて来ている。

一定の距離を保って。五メートルくらい後だ。

何だろうあの女。右手で、顔の右半分を覆っている。ずっと覆っている。

痛いのか。それとも何か隠したい理由があるのか。詮索《せんさく》はしたくないけれど、付いて来られたのでは気にしないでいるという訳にもいかない。

同じ電車に乗っていたのだろうか。

こんな時間だし、上り電車の終電は先に終わっている筈《はず》だから、そう考えるのが普通だろう。少なくとも同じ車両には乗っていなかったと思う。

今日はどうした訳か電車が空《す》いていた。終電だというのに。

私が乗った車両には降りた時点で五六人しか客がいなかった。

頭髪の薄い草臥《くたび》れたサラリーマン風の中年男、逆に妙に毛の密度が濃いノーネクタイの男。スカートのコーディネイトだけが妙に浮いている地味な女性。水商売風の派手な装いの娘と連れらしい若者。それくらいしか覚えていない。

もう何人かいたかもしれない。

でも、あんな女はいなかった。

殆《ほとん》ど全員が項垂《うなだ》れてスマートフォンに目を遣《や》っていた。

それに一緒に降りたのは頭の薄い男だけだ。この男だけは文庫本を読んでいたのだ。

ホームに降りた時、あの女はいただろうか。

それでも降車した客は三十人以上はいたと思う。一人一人確認などする理由もないから、勿論《もちろん》どんな人物がいたかなど全く覚えていないが、あんな女はいなかったと思う。

大体、女は季節外れのコートを着ている。

流石《さすが》にスプリングコートだとは思うが、カーキ色とも黄土《おうど》色ともつかない、何ともいえない奇妙な色合いのロングコートである。下はスーツを着ているようだ。振り向いて見る訳にもいかないからその辺は曖昧《あいまい》だ。

髪は長くも短くもない。手で顔を覆っているからか、髪形も能《よ》く判らないのだ。

派手な訳ではないが、目立つ。

見逃すことはないだろう。

私が乗っていたのは改札に出る階段から一番離れた車両だったので、頭の薄い男を除けば降車した客の総《すべ》てが視野に入っていた筈だ。あんな女はいなかった。

階段の途中で、右斜め後ろにいた頭の薄い男は私を追い越した。

昇りきった段階で私の後ろには誰もいなかったのだ。

改札を抜けたのも、私が最後だ。

私を追い越した頭の薄い男がもたもたしていたので隣のレーンに移った。背後では駅員が早々《はやばや》と駅を閉める準備か何かをしていたようだった。

駅を出た時、私は女に気付いた。

顔を半分隠していたから奇異に思ったのだ。だが、それはただそう思ったというだけのことである。私は勿論女を遣り過ごした。ちらりと、目の端《はし》に入ったというだけのことだ。接々《まじまじ》と見ることなどないし、況《まし》て話し掛けたりはしない。関係ない。見ず知らずの他人なのだから、どれだけ変に見えたって普通はそうするだろう。難儀しているというなら手を貸したりするかもしれないが、そうは見えなかった。

改札から出口まで、そんなに距離がある訳ではない。

改札を出た段階で、私は降車した客の列の最後尾だった。すると女は、それまでは私の前にいて、その僅《わず》かの距離を進む間に私の後ろに回ったということになるのか。そんな妙な動きをした者がいただろうか。それとも改札を出て止まり、私が改札を抜けるのを待ち構えていたのか。

何のために。

いや。

違う。

思い出した。私は女を追い越している。

女は改札を出てすぐのベンチに座っていたのだ。下を向いて、顔を隠して。

その時点ではまさに無関係であるから、気にも留めなかった。私を遣り過ごし、その後女はベンチから立ち上がって――。

付いて来た。

そういうことだろう。

待っていたのか。私を。何故《なぜ》。

それより何故顔を隠しているんだ。

気になってしようがない。

駅を出た時、街にはまだ結構な人通りがあった。

私と一緒に終電から降りた者の中には、私と同じ方角に進む者も五六人程度はいたと思う。遅い時間とはいえ駅前であるから、通行人もそれなりにいた。私は、女もその中の一人としてしか認識していなかったのである。それは当然だろう。

知らない人なのだし。

その段階で女は人《キャラクター》ではなく、ただの景色だった。

最初に意識したのは交差点の信号待ちの時だ。

その時、横断歩道を渡ろうとしていたのは私の他に多分六人だった。年配の女性と、マイルドヤンキーのような若者が二人。それから大柄な老人。後は覚えていない。覚えていないけれども、その時点で終電に乗っていたとおぼしき者は三人程になっていた筈だ。若者二人と老人は電車に乗っていた人間ではないと思う。身態《みなり》から判断するに、駅周辺の住民なのだろう。いや、どちらもコンビニの袋らしきものを提《さ》げていたのだ。だからそうだ。

大した交差点ではないのに、ここの赤信号はやけに長い。

何の気なしに駅の方を顧みて、そして気づいた。

顔を隠した女が、少し離れて立っていた。

信号を待っているにしては半端な位置である。

車道から一番離れて立っていた私より、更に五メートルばかり離れている。

信号待ちをしているというよりも、ただ道の真ん中に突っ立っているだけといった感じに見えた。しかも、手を顔に当てている。

歯が痛いのか、と思った。

能《よ》く見た訳ではないし、そう考えるのが普通だろう。

突然奥歯が痛くなって押さえてでもいるのか、或《ある》いはそれで顔が腫《は》れたりしてしまったのか、まあその程度しか想像できないし、それ以上の想像をする必要もない。

青になったので渡って、そのまま暫《しばら》く歩いた。

次に気付いたのは、パチンコ屋の前を通った時だった。

パチンコには全く興味がないのだが、昔能《よ》く見ていたアニメのキャラクターがパチンコ台になったらしくて、そのキャラクターの幟旗《のぼりばた》につい目を遣ってしまったのだった。

そうしたら、目の端に異物のようなものが入ってきた。

少し首を曲げると、ガラスに映った女が見えた。

顔を半分隠した女だ。

一緒に信号待ちをしていた連中はもう周りにはいなかった。

追い越したり、横道に入ったりしてしまったのだろう。

虫歯の女だと咄嗟《とっさ》に思い、それだけで顔を戻した。

関係ないからだ。

見たこともない、しかも少し変な様子の女が後ろを歩いているからといって、それは私には何一つ関係のないことである。

私は家路を急いだ。誰が待っている訳でもないのに、何がある訳でもないのに、一刻も早く帰りたかった。

私はその時、二時間ばかり前に別れた母の顔を思い出していた。

知性もある。人格もある。記憶もある。

でも。

母には何かが欠けていた。

厭《いや》だ。遣り切れない。抱え込めない。重い。

だからパチンコ屋の幟なんかを見てしまう。

気を散らしたいのだ。散漫でいたいのだ。思い出したくないのだ。母のことを。思い出したくないというより、忘れたいのである。

忘れることはできないのだろうけれど。

だからといって考え続けたところで出口はない。解決策はないのである。考えて何とかなるものなら考えもするのだが、どうにもならないなら悩むだけ無駄だ。だから、取り敢《あ》えず忘れてしまいたい。

でも。

無理だ。

父から電話があったのは。もう三箇月も前のことである。

母が耄《ぼ》けたと、父は暗い声で言った。ああそうと答えた。他に答えようがない。母はまだ六十三で、耄けるような齢《とし》ではない。その時はそう思った。

それより先に、漫才のボケとツッコミ的な、そういう楽しい話かと思ったのだ。それにしては声が深刻そうだったので、事情を聴いた。

物忘れをするという。

そんなのは当然のことだ。

物忘れをするというなら父だって同じだ。最近固有名詞が思い出せないと父がぼやき始めたのは、もう十年も前のことだったと思う。そうなら、当時父は六十くらいだった筈だから、今の母より若いではないか。

そう言うと、そういうのじゃないんだと返された。

その上、怒りっぽいという。それは一般に謂《い》うところの更年期障礙《しょうがい》なんじゃないのかと謂うと、それもそうなんだがと父は黙った。

厭な予感がした。

どうも、固有名詞が出てこないとか、ド忘れをするとか、そういうことではなく、母は自分の発言や父の発言、そして起きたことしたことなどをそっくり忘れてしまうのだそうだ。そしてそれを指摘すると激怒するらしい。

拙《まず》い感じだ。

父はもう七十で、仕事も、もう疾《と》うにリタイヤしている。

幸い預金は結構あったらしく、父は兼ねてからの母の希望に添い、退職前にそれまで暮らしていた旧《ふる》いマンションを売って、郊外に小さな家を建てた。郊外といっても田舎ということもなく、都心から一時間半程度の場所である。私は職場に通うのが面倒になるという理由で別にマンションを借り、同居するのは遠慮した。通えない距離ではないのだが、終業時間が不規則な職種なのでやや不便ではあったのだ。尤《もっと》も向こうは最初からそのつもりだったようで、その家の間取り図に私の部屋はなかった。

そこに移り住んで、かれこれ十年近くになる。父と母はそこで悠々自適に暮らしている——筈だった。

父は明るい性格だが小心者で、冗談ばかり言うくせに根は真面目な人である。

母はどちらかというと完璧《かんぺき》主義で、何でもきちんとしなければ気が済まない人だ。それでいて物ごとが巧《うま》くいかないと、かなり不機嫌になる。そういう場合詰《なじ》られるのは父である。時に、半《なか》ば濡《ぬ》れ衣《ぎぬ》を着せられているようなケースも多いのだけれど、それでも父はめげない。謝ったり我慢したり笑わせたりと遣り過ごす。まあ、見上げたものだと思う。

父が自己主張の強い人で、かつ根に持つタイプであったなら、また母と同じように完璧主義者であったなら、当然衝突していただろうし、その場合、夫婦生活はすぐに破綻《はたん》していたことだろう。

一方で、母が適当な性格だったなら、それはそれで父は困ったのだろうし、寧《むし》ろダメな家庭になっていただろうとも思う。配偶者に対しては多少理不尽でも、母の言うことは概《おおむ》ね正論なのだ。どんな形であれ、結果的にはその母の正論を父がサポートしている恰好《かっこう》になるのだから、それはそれで良かったのだ。

多少理不尽な完璧主義者と明るくて真面目な小心者という組み合わせが永く続いた秘《ひ》訣《けつ》なんだろうと、子供の私なんかは思う。私の家庭は、そういう意味ではかなり真っ当な家庭であり、お蔭《かげ》で私も或《あ》る意味でまともに育ったという自覚はある。

だから私は、いつものことじゃないのかと質《ただ》した。

二人きりで生活していればどんなにウマが合おうと喧嘩《けんか》もするだろう。母は文句の多い女であるし、不機嫌になった時はそれはキツい人なのだ。ただ、それを右から左に遣り過ごして、かつまたフォローして行くだけの体力が、老いた父にはなくなってしまったのかもしれない。そんな想像をした。

もう少し頑張って欲しい。そうなら、ガス抜きでもするしかないだろうか。仕事の都合をつけて、家族三人で旅行に行くとか、そういう楽な手当てを私はぼんやりと考えていた。

でも。

いつものことじゃないようだった。

幾日か前、友人夫婦が遊びに来たのだと父は言った。

ささやかなホームパーティのようなことをやり、まあそれは和やかに済んだ。友人が帰った後には洗い物が残った。料理をするのは主に母なので、父は洗い物をすることが多いようなのだが、その日に限って母は自分でやると言って聞かなかったらしい。あなたにして貰《もら》うと毎回必ず汚れが落ちてないのよと、まあ父はいつものように軽く詰られた。毎回必ずというのは違うだろうと思ったが、まあそういうこともあるだろうと考えた父は、反論などせずに謝り、気をつけるよと言ったのだそうだ。

一時間後、父はまた叱られた。

いつになったら台所を片付けてくれるのと言われたのだそうである。早く洗わないと汚れが落ちにくくなる、そんなだからあなたが洗うと毎回必ず汚れが落ちていないのよと、母は父をきつく責めたという。

父はぎょっとしたそうだ。

狐に抓《つま》まれたような気分だったそうである。思わず、お前が自分で洗うと言っただろうと父は言ってしまった。母は、そんなことを言った覚えはないと答えた。料理させるだけさせて洗い物くらいしたってバチは当たらないでしょう、そんなに厭ならお前が遣れと命令でも何でもなさいと母は言ったそうである。

父は困惑した。遣りたくないと意思表示した覚えもなかったし、まず遣りたくないと思ってもいなかったからである。いや、遣りかけていたのを止められたのだ。

そういうと、何を訳の判らない言い訳してるのと言われたそうである。

父は大いに納得が行かなかったらしいが、自分がおかしいのかと考え、次に何か行き違いがあったのだと思い直したのだそうである。聞き違えたか、思い違ったか、いずれ自分が何か間違ったのだと父は考えた。

母の言葉は、正論ではある。

放置しておけば汚れは落ちにくくなる。父の洗い方は多少ぞんざいなところもあるから汚れを落とし切れないこともある。料理の方は任せきりなのだから、洗い物くらいはするべきだとも思う。だからそのつもりではあったのだろうが。

だから私が洗うと言った母の言葉は何だったのか。

空耳だったのか。空耳だったのだろうと、父は思うことにした。

そして台所に立ち、食器を洗った。その背後から、そうやっていやいや洗うから汚れがいつも落ちてないのよねと言われたのだそうである。

そういうことは――。

一度や二度ではないんだと父は言った。

ここ何箇月か能《よ》くあるのだそうである。日に日に多くなるとも言った。

所謂《いわゆる》、言った言わないの口喧嘩は日常茶飯事になっているのだということであった。だからどうしろというのかまるでわからなかったので、その時はまあ巧くやってくれと答えただけだった。

互いに互いの性格は承知の上なのだろうし、それでもう四十年から夫婦をやっているのだから、今更何だと、その時はそう思ったのだ。四十年我慢して巧く遣って来て、突如できなくなるなんてことはないだろう。そもそも好きで添ったのだろうし。別れたいなら機会は幾らでもあっただろうし。洗い物程度でダメになるなんて、どうも考えにくかった。

しかし。

一方で、考えてみれば四十年も一緒にいる父が変だと言っているのだから、事実変なのかもしれないと、そうも思ったのだった。

気味の悪いしこりが私の中に残った。

それを心配という言葉で片付けてしまって良いものか、私には躊躇《ちゅうちょ》がある。慥《たし》かに心配ではあった。父も、母も。でも、そうした想いを上回るだけの、表現しにくい感情が涌《わ》いたことも事実である。

それは、正確ではないのだけれど、面倒だとか、厭だとか、そうした感情に近いものであった。そしてそれは、輪郭を曖昧にしたまま、ずっと私の中に居座った。

駅を出て十分も歩けば人通りはかなり少なくなる。しかし、全く人影がなくなってしまうのかというと、そんなこともない。繁華街と住宅街の中間くらいの地域だから、道幅も広く、車も通る。店は概ね閉まっているが、看板の明かりはまだ点《とも》っていたりするし、レンタルDVDの店やコンビニエンスストアなど営業中の店舗も道沿いにはあるから、それ程淋《さび》しい道という訳ではない。

用はなかったがコンビニに寄って、二日酔いなんかに効くドリンクを買った。飲酒などしていないのだけれど、何だかムカムカしていたのだ。胃の辺りが重い。

一滴も飲んでいないのに。

単に気分が悪いのだ。体調が悪いのではなく、気分の問題だろう。

レジに立って、財布を出して、ふと入り口の方に目を遣った。

気晴らしに雑誌か何かを一緒に買おうかと考えたのだ。

雑誌越し、ウインドウ越しに。

顔を半分隠したコートの女が見えた。

ぞっとした。

女は外の、たぶん灰皿やゴミ箱の置いてある辺りに突っ立っていて、こちらを――いや、私をじっと見ている。片方の眼で。

ちょっとの間、私の視線は女に釘付《くぎづ》けになった。

何なんだあいつは。

レジ係が値段を言ったので、私は慌てて我に返り、小銭入れを開けたが、生憎《あいにく》十円玉と五円玉しかない。ちらりと見る。女は同じ場所にいた。勘違いではない。

すいませんとひとこと謂って財布から千円札を出し、渡した。

釣りを待つ間に考えた。

あの女は煙草でも喫《す》っているのではないか。あんな場所に立っているのはおかしい。

でもそうでないなら、それは私を――。

釣りとレシートが差し出された。

これでもう――立ち去らなければならない。入り口を出れば女がいる。

顔を半分隠した女が。

それは自意識過剰だろう。私を尾行する意味が判らない。いや、既に私は気付いていて、気付いたことをあの女も知っている。だからもう尾行ではない。跡をつけていたなら、目が合った段階で隠れたり逃げたりするのじゃないか。

釣りを小銭入れにしまい、私はわざと雑誌のコーナーに進んだ。買い物が済んだ後に雑誌を眺めたって不自然ではないだろう。立ち読みでもしている間に女が姿を消してくれれば――それならそれでいい。

そうでなければ。

いや、いずれにしてもここでインターバルを置くことで某《なにがし》かの確認はできる。時間稼ぎに立ち読みはピッタリだろう。私にそんな習慣はないのだが、コンビニには立ち読みをしている輩《やから》が常時数名いるものではないのか。風景としては普通だ。

棚揃えがけばけばしい。

最近の漫画雑誌は全く読まない。漫画が嫌いになった訳ではないが、毎週追いかける情熱は随分前に失《う》せている。連載の途中だけ読んでもしょうがない。

麻雀《マージャン》やらパチンコやら、そうしたものにもとんと興味がない。アダルト系はもっと興味がない。それ以前に嫌いだ。園芸の雑誌と最新ＩＴ機器の雑誌に目が留まったが、手に取る程の気持ちにはならなかった。

寧ろ、コンビニ本と呼ばれる廉価版の書籍――なのだろうか――の方がいいかもしれないと思った。品のない、安っぽい、書棚に並べたくないタイトルとデザインのものばかりである。所謂ペーパーバックという位置付けになるのかもしれないが、作りもぞんざいだし内容もいい加減で、さもなければ何かの焼き直しなのだろう。私の趣味には合わない。

スキャンダル系、心霊オカルト系、そういうものがやたらに多い。後は、既存の漫画の再編集ものである。中には書き下ろしの漫画もある。手に取って二三ページ捲《めく》ってみたが、とても読めたものではなかった。

ふと上の段を見ると文庫本が並んでいた。

これはコンビニ用という訳ではないようだ。もしかしたらコンビニに特化した内容なのかもしれないが、体裁は書店売りの文庫本と変わらない。

マナーの本、歴史雑学系、官能小説に知らない作者のミステリ。

小説よりも実用書の方が多いようだ。

そして。

一冊の背表紙が目につく。

――ひとごとではない若年性アルツハイマーの予防と対処。

私の中の厭なものがまた頭を擡《もた》げた。

忘れようとしていたのに。思い出したってどうにもならない。幾ら考えたってどうにもならない。なら考えるだけ無駄だ。無駄なのに――。

最初の電話から一月くらい後のことである。

また父が電話を掛けてきた。

ヒドいんだ、と父は言った。

声は更に疲れていた。

老人は老人なりに忙しい。

父も母も、何かに縛られるような身分ではないのだが、それでもスケジュールは或る程度埋まっている。

父はのめり込んだ趣味を持たない人だから、まあ普段は庭いじりや読書なんかをしているらしい。それでも、月に一度は囲碁の集まりに通っている。

それから、大学時代のサークルの仲間との会合が不定期にある。軽音楽サークルだったらしく、父はドラム担当だったそうで、スティックを持っているところは見たことがないが、今も集まれば演奏するらしい。演奏会もやるらしく、その時は練習のため会合が多くなる。

もうひとつ、退社した会社の同期会のようなものも、頻繁ではないが行われる。これはただの飲み会であるらしい。

母はもっと多い。母は元々華道をやっていた人で、免状か何かを持っているのだ。教えているのかどうかは知らないのだが、隔週で華道教室に顔を出す。それから、都内のカルチャースクールでパッチワークの講座を受講しており、これは月に二度。それから近所のコミュニティセンターで俳句と絵手紙も習っている。こちらは週に一度。婦人会のようなものにも入っていて、その集まりもある。

一日置きに出掛けているような印象である。

父はこの、母のスケジュールが把握できずに少々困っていたらしい。

それは以前からのことだったそうだ。

母の帰宅時間は、それぞれに違う。華道教室に行く日は、殆ど母は夕食を外で済ませて帰る。カルチャースクールに行く時は、まま友人と食事をして来たりもする。そうした時、父は自前で夕食の手当てをしなければならないことになる。

厭だとか面倒だとか、そういうことではないのだが、準備もあるから今日は花か、それとも俳句かと出掛ける前に尋《き》くことになる。

母はそれが気に入らないのだ。そのくらいわかっていろということらしい。わかっていないのはわかりたくないからで、即ち連れ合いの動向に興味がない、延《ひ》いては妻の外出を快く思っていない証拠だということであるらしい。

まあ、父にしてみれば頻繁に出掛けるのを咎《とが》めるつもりも全くなく、寧ろそれで気が晴れるなら大いに出掛けて欲しいと思っていたようだが、だからといって、そのくらい把握していろ、もっと興味を持てと言われても、中々難しかったようだ。

それに加えて母は、父が出前を取ったり、コンビニ弁当を食べたりすることも気に入らなかったらしい。きちんと作って食べろと言うのだそうだ。節約にもなるし健康にも良いという。それは正論である。

だが父にしてみれば、一人の時くらい好きにさせてくれという話でもあっただろう。

私に言わせれば、そんなに文句を言うのなら何か作ってから出掛けろくらい言っても良かったと思う。節約というなら母の月謝だの外食費の方がうんと高額なのだし。

ところが父はそうは言わずに、ご説ご尤もと謝っていたようである。

それでも、料理などしたことのない父は精々インスタントラーメンくらいしか作れなかったようで、結局、そんなもの食べていたのでは栄養が偏る、その上鍋《なべ》の汚れが落ちにくいと叱られていたらしい。

辟易《へきえき》した父はこっそり弁当を買って食べたりもしていたようだが、そういう時に限って母は早く戻り、結局怒られるんだと言っていた。

一方、母は父がどれだけ自分のスケジュールを教えても全く覚えてくれず、出掛ける段になって揉《も》めることも殊《こと》の外《ほか》多かったという。

連れ合いの動向に興味を持っていないのは母の方なのだ。母は、父個人のことにはまるで興味を持っていない。理解していないのではない。そんなことは止《や》めろとか、くだらないとか、そうしたことは一切言わない。批判する以前にひとつも興味を持っていないから、どうでもいいのである。

自分の趣味には興味を持てと強要する癖に、である。

おかしくなる前から、そうだったのだ。

それが、エスカレートしてきているのだと父は言った。

来週出掛けるからと毎日言っても、聞いていないと言われる。朝晩同じことを告げても一向に覚えてくれない。出掛ける段になって、何故《なぜ》黙っている、急に出掛けると言われても困る、同居している相手を何だと思っているのだと、えらい剣幕で罵《ののし》られる。

加えて、父が軽音楽サークルの話をすると、まだそんなものをやっていたのかと訝《いぶか》しむのだそうだ。更に、囲碁はもう止めたのじゃなかったかと責められる。慥《たし》かに、上達しないから止めようかと言ったことはあったらしいが、それは八年も前のことだそうである。

窮した父は、事細かにメモをして貼ったり、カレンダーに書き込んだりするようにしたのだという。至極当然の対処だと思う。同時に、自分も忘れっぽくなったからお前の方も書いてくれと母に頼んだのだそうだ。

それがいけなかったらしい。

何故書いたりしなければならないのかと、母は怒った。

話し合って、何とか納得して貰っても、翌日になると話し合ったこと自体を忘れており、予定を書けというと同じように怒るのだという。何度でも。何日でも。

結局、父は諦《あきら》めて自分の予定だけ書き記すようにしたのだそうだ。

ところが。

カレンダーに書いてあっても、母は同じように怒るのだそうだ。幾ら書いたって、書いてあると教えてくれなければ同じだと言って怒るのだという。

父は何度も言っている。見せてもいる。それなのに、である。朝カレンダーを示して今日は昼に出掛けると断りを入れ、いざ出掛ける段になって聞いていないと言われる。説明してから四時間も経っていないというのに、覚えていない。

それから母は、自分が出掛けたことも忘れてしまうのだそうだ。今週はカルチャースクールに行きそびれたと、行った翌日に言う。行きそびれた理由は、父が出掛けたからだということになっているそうである。

それは――確かに普通ではない。

一度や二度ではないというから、勘違いの類《たぐ》いでもない。

ストレスが溜《た》まって一時的に錯乱しているのではないかと、その時は答えた。

妥当な回答だろう。妥当過ぎて何の役にも立たないだろうけれども。

そうであっても、人間関係のストレスというのは、どんな局面に於《お》いても発生し得るものである。老人同士だろうが友達同士だろうが、人が集まればストレスは生まれる。

そうしたストレスは、溜め込めばどこかで破裂するものなのだろう。

大体、一番ゆるいところから溢《あふ》れる。それは概ね、家庭である。

カルチャースクールや婦人会で何かあったのかもしれない。

落ち着かせてから優しく事情を聴くのが良いよと、私はまるで他人のようなアドバイスをした。

そう、他人のような物言いだ。

正直、そんな話は聞きたくなかったのである。

私は、私のことを考えるだけで精一杯だ。

自分の生活を護《まも》るだけでギリギリなのだ。

勿論、父や母が嫌いな訳ではない。できることなら何でもしてやりたい。親孝行もしたいとは思う。思うけれども、それは一般的な範囲でできることをしたいのだし、常識的な親孝行をしたいのだ。そんな特殊な悩みごとへの対処は私の親孝行の範疇外《はんちゅうがい》だったのである。

親を喜ばせたいとは思う。喜ぶようなことをしてあげたいと強く思う。だがそのためには、まず自分が確《しっか》り生きていなければいけないだろう。私はそう考えて人生を送ってきた。心配をかけたり迷惑をかけたり悲しませたり苦しませたりしない、それがまず基本にあって、その上での孝行だろうと、そう思っていた。

いや、例えばどちらかが寝たきりになってしまったような場合は、付ききりで介護するくらいの覚悟は持っている。その時は仕事も辞めなければならないだろう。そういうことは常々考えていた。その時が来た時のために備えて、老人介護の勉強も少しはしている。いずれはそういう時が来るのだろうと、予測もしていた。でも。

それはその時が来たらの話なのである。

それは今ではない――筈だった。

そもそも、様子がおかしくなってしまうというのは予想外だ。肉体的に衰える、病気になる、それは予想の内である。しかし老人性認知症になるにはまだまだ早いと思っていた。思い込んでいた。そうではないのかもしれないけれど、それは。

私の人生の予定にはないものだった。

いや、認知症かどうかはまだわからない。そうだとしても老人性とは限らない。それにしたって、そんな事態が我と我が身に降りかかるとは——。

手は伸ばしたのだが触れただけで本を棚から抜くことはせず、私は顔を上げた。

ガラス一枚を挟んで、そこに。

顔を半分隠した女がいた。確実に、私を見ている。

ガラスに映った自分の姿と、半分の女の顔が二重になって見えた。

知らない。

こんな女は知らない。見たことのない顔だ。

半分しか見えないけれど。

何なんだ何なんだ何なんだこの女。

私は文庫本から手を引き、一瞬間を置いて、店を出た。

女は幻でも何でもなくそこにいた。一瞥《いちべつ》をくれて私は足早に店を離れた。

関係ない。こんな女とは関係ない。だからもういい。店員もいる。客もいる。通行人だってまだいる。縦《よし》んば殴り掛かって来たとしたって何とでもなる。

駐車場を抜けて歩道に出た時、女はまだ同じ場所にいた。

走るのは厭だったが、それでもかなり速足にはなった。昨今のイカレた人間は何をするか判らない。刃物でも持っていたなら面倒である。

来るな来るな。

後ろを確認せずに進む。

家までは、あと数分だ。

大きく曲がった坂を下ると、もう完全に住宅街である。街燈はあるけれど、人影は殆どなくなる。危険というなら最も危険な道ということになるのだが、たぶん女は付いて来ていないと私は思った。多分に希望的観測ではあるのだが、例えば何か用があるのならコンビニの前でコンタクトを取ってきた筈だ。そもそも、目が合った段階で何らかのリアクションをするだろう。

何もなかったのだ。

私を見てはいたけれど、女はノーリアクションだった。普通なら何か反応する。挨拶はしなくたって、目を伏せるなり表情を変えるなりするだろう。

普通なら。

普通——ではなかったな。

女ではない。

母である。

二度目の報告の後、父からの連絡は急増した。それはもう、愚痴や相談ではなく、救難信号に他ならなかった。

暴力が酷《ひど》くなっているという。

健忘症的な症状も、日を追って悪化しているという。

母は僅か数時間前のことが思い出せなくなっているようだった。そして、忘れていることを父が指摘すると、烈火の如く怒り、暴れるのだそうである。

そんな訳がない、と言うのだそうだ。

置き時計を投げ付けられて、父は額を割ったそうである。

ただ、忘れていることを指摘さえしなければ、母はほぼいつも通りなのだという。ならば言うなと言ったのだが、考えてみればそれは無理なことだろう。一緒に生活し一緒に生活している者にとって、それ程不便なことはあるまい。何もかも忘れてしまう相手と正常にコミュニケーションをとることは不可能だろう。尤も、相手が自分の症状を自覚しているのなら、まだ遣りようはあるのだろう。逐一フォローし、ケアしていけば、暮らしは成り立つだろう。

しかし母は頑として自分がものを忘れてしまうことを認めないのだそうだ。これは厄介である。騙《だま》し騙し暮らすにしても、限界はあるだろう。それに。

これは確実に病気である。ならば適切な治療を施さなければいけない。放っておいて治るようなものではない。

何度目かの電話で、私はそう言った。何なら評判の良い専門医を探すと約束した。

そして父は、通院を勧めた。

母は激怒したという。そもそも忘れることすら認めないのだから、病院に行けと言って聞く筈もないのだが。

自分を気違い扱いするのか、どういう料簡《りょうけん》なんだ、病院に入れて監禁するのか、自分を棄てるのかと言って、母は暴れた。父は私の名を出し、あいつも心配しているからと言って説得したようだが、それも結局、火に油を注ぐことにしかならなかった。私に相談していることを知った母は、更に狂乱したのだそうである。

何を告げ口した、どんな悪口を言った、この——。

裏切り者と言われたそうである。乱暴は収まらず、その晩父は家を追い出されて、駅前のカプセルホテルに泊まったそうである。翌日、恐る恐る戻ると、母は散乱した部屋を不審そうに眺めていたという。

そして。

父の無断外泊を詰ったのだという。何もかも忘れているのである。ただただ、配偶者への不信感と、多分同じだけの自らへの不信感が母を支配していた。

お手上げだと父は電話の向こうで泣き声を出した。

もう、放ってはおけない。

とにかく一度行かねばなるまい。そう思った。厭だった。それは気が重かった。行きたくなかった。全部嘘だと言って欲しかった。嘘な訳がないと知っていたのだが。

仕事は休めなかったから、私は終業時間を一時間切り上げて父と母の許《もと》に向かった。残業が必要な程仕事が溜まっていたのだが、勘弁して貰った。事情を詳《つまび》らかに話すことは憚《はばか》られたので、母が倒れたと嘘を言った。

大昔の囚人のように両足に鎖で鉛の重しが付けられてでもいるような、そんな足取りだったと思う。

厭だった。厭で厭で堪《たま》らなかった。

引き返したいと何度も思った。

着いたのは七時過ぎだった。

家の中はあちこち壊れていて、父の顔にはアオタンやら擦り傷やらがあった。

でも、それ以外は前と変わりがなかった。

母は私の顔を見て驚いたようだった。そして、何しに来たのよと言った。

四時間弱の間に都合七回私は驚かれ、何しに来たのよと尋かれた。あんたの様子がおかしいからだよ——とは言えなかった。言えば、確実に失望するからだ。父の言葉が真実だと知れる。いいや、確認するまでもなく、明らかに母は壊れていたのだ。

話題は支離滅裂、感情の起伏も支離滅裂で、そうした目で見ている所為《せい》か、目付きもかなりおかしく感じた。どこにどんな地雷が埋まっているのか判らないので、私の言葉数も自然に減り、父は終始下を向いたまま、ごく稀《まれ》に微笑む程度だった。

暑くもないのに厭な汗をべっとりとかいた。

幸い、私がいる間に暴れたりすることはなかったのだが、幾度かは激昂《げきこう》しかけた。その怒りが何によって触発されたものなのか私には判らなかった。また、意味不明のワードも幾つか聞かされた。

私の中の澱《よど》んだしこりは、より輪郭を明確にした。

母は病んでいる。このままにしておく訳にはいかないだろう。しかし、ならどうすればいいというのか。強制的に入院させることなどできるものだろうか。調べてみるまでは判らない。できたとして、治るものなのか。

父は——どうなる。

ああ、厭だ。こんな現実は受け入れたくない。いっそ——。

死んでくれないかな。

思わなかったといえば嘘になる。そんな、一瞬でも実の母親の死を願うなんて、そんな自分が堪らなく厭になるけれど、それでもそう思ってしまったことは事実だ。そしてその黒い気持ちは、まだどこかに潜んでいるのだ。真っ黒い塊が、私の中に沈んでいるのだ。

ああ。

厭だ。

なかったことにしたい。

見て見ぬふりをしたい。

何もかも知らなかったことにして、目を瞑《つむ》って遣り過ごしてしまいたい。どうしたってどうにもならないなら、もういいじゃないか。死ななくていいから消えてくれ。面倒だ。面倒な上に哀しい。哀しくて、恐い。だから。

ふと、私は立ち止まった。

気配を感じたのだ。

いるのか。後ろに。

いないだろう。

見なければいいのだ。襲ってくることなんかない。

見て、いたらどうする。なかったことにするのか。見て見ぬふりができるのか。

少しだけ、後ろを見た。こんな体勢ではたとえいたって見えはしない。もう少し後ろだ。もっとだ。

私はかなりスローな動きで振り向いた。

五メートルばかり離れた処に。

顔を半分隠した女がいた。

私は息を呑《の》んで、それから走った。

何だよあの女。もう確実だ。勘違いなんかじゃない。あの女は私の跡をつけている。

いったいどこまで付いて来るんだ。何がしたいんだ。意味不明だ。

恐い。

マンションが見えた。振り返る。

女は——。

やはり五メートルくらい離れて、いる。

私はマンションに駆け込んで、止まらずにエレベータまで一気に進んだ。オートロックだから入っては来られまい。何度もボタンを押す。私の部屋は四階だ。

すぐに扉は開いた。乗り込む時にエントランスの方を見たが、誰もいなかった。

部屋に入って、そのまま道に面した窓に進み、カーテンの陰から外を確認した。

いる。

街燈の下だ。

女は、顔を半分隠したまま、私の部屋を見上げている。

私は、もう息が上がっている。かなり全力で走ったのだ。でも女は平然としているように見えた。そもそも、手で顔を半分隠したままであの女は走ったのだろうか。

いつまでいる気なのだ。

明日の朝もいたら、どうする。いや、何かの拍子にこのマンションに侵入して来たらどうするというのだ。何がしたい。いったいお前は誰なんだ。

警察に報《しら》せるべきだろうか。

この状況で勘違いということはない。あの女は確実に私を追いかけて来たのだ。そして今もそこにいる。通報してもいいだろう。いいや、すべきだろう。恐い。何を考えているのか全くわからないから、恐い。恐いが——。

面倒だ。いや、でも。

私はキッチンに行き、水を一杯飲んだ。

それからもう一度窓の外を確認した。

通報するしかない。そう心に決めて電話の前に行くと、留守電のランプが点滅していた。

赤く明滅するそのボタンを押す。

父の声だった。

母さんが、母さんが大変だ、すぐ来てくれ。

そう言っている。何がどう大変だというのだ。もう充分に——。

私は、警察より先に家に電話することにした。何度コールしても出ない。次に父の携帯電話に掛けた。電波が届かないか電源が切れているという。何だよ。

何なんだよ。

どうしたんだよ。

何があったんだ。

窓の外にはまだ女がいる。

私の中の黒い塊はどんどんと大きくなる。

もう、何かが限界を迎えようとしている。

そこで電話が鳴った。ワンコールで出ると、父だった。

父はおろおろと途切れ途切れに、次のようなことを告げた。

母は私が帰った後、私の突然の訪問を不審に思ったらしく、父を厳しく問い詰めたのだという。

もごもごと口籠《くちごも》る父に業を煮やした母はやがて怒り出し、錯乱し、暴れた。それは物《もの》凄《すご》い形相だったという。父は身の危険を感じ、逃げ回った。母は大声を上げて父を追い回し、物を壊して暴れた。そして転倒して頭を打ち、意識を失ったのだそうだ。父は救急車を呼び、その後私のマンションに電話したのだという。

今は救急病院だと父は言った。

病院名と住所を聞き、すぐに行くと答えた。

あんな女に構ってはいられない。

もう電車はないから、タクシー会社に電話した。

窓から下を見ると、まだ女は顔を隠して立っている。もう、どうでもいい。そうして見るとやや滑稽《こっけい》にも見える。

私はそのままの恰好で部屋を出て、エントランスに出た。

女は街燈の下に立っている。

何で顔を隠しているんだ。しかも半分。

女の姿を視界から遮るかのようにして、タクシーが停まった。私は急ぎマンションを出てタクシーに乗り込む。行き先を告げた後、窓の外を見た。

顔を半分隠した女は、無表情で私を見詰めていた。

ああもう。

大丈夫なのか母さん。

このまま死んでくれないかな。

頭を打ったって。怪我しているんだろうか。

だからこのままいなくなってくれればいいのに。

早く治ってくれないかな。後遺症が残ったりしたらどうすればいいんだ。

このままずっと入院させることはできないのか。

母さん、大好きだよ。

消えてくれよ。

可哀想に。

ああ、面倒だ。面倒過ぎて厭だ。

何もかも纏《まと》まらない。私が分裂しそうだ。

どっちかを隠してしまいたい。見て見ぬふりができればいいのに。

三十分程で病院に着いた。救急の窓口で名前を言って、入れて貰った。

如何《いか》にも夜の病院然とした、消毒ランプみたいな弱い明りにリノリウムの床がてらてらと光っていた。廊下のどん詰まりにベンチのようなものがあって、そこにまるで影法師のようになった父が座っていた。

父は憔悴《しょうすい》していた。

それでどうなのかと問うた。

その時点では、母の死を願う私より母の身を案ずる私の方が勝っていた。

心配はないそうだと父は言った。

「もう意識も戻った。一応検査のために入院はするようだが、説明が難しい。何しろ事情がさっぱり理解できてないようだ。下手な説明をしたりするとまた錯乱し兼ねないしなあ。先生には事情を話したが、果たしてどこまでわかってくれているのか、救急の先生だし、そこは不安だよ」

ああ。

面倒だ。

厄介だ。厭だ。帰りたい。

私はそういう感情を抑え付ける。

外傷はないのかと問うと、外傷があるのは俺だよと父は言った。

「捻挫《ねんざ》と打撲だ。まあ、そんなことはどうでもいいよ。母さん、今はまだ起きているようだから、一度顔見てやってくれないか」

父はそう言って、病室のドアを示した。

「どうしたらいいんだろうなあ」

父は私の背中に向け、力なくそう言った。

ドアを開けると、母はベッドの上で半身を起こし、窓の外を眺めていた。

ドアを開けたことにも気づかないようだった。

母さん、と声を掛ける。

私の方に振り返った母は。

右手で、顔の右半分を覆っていた。

「母さん、それは」

何の真似だと問うと。

顔を半分隠した母は、

「お前の真似だよ」

と、恐ろしい声で言った。

鬼神《きじん》

山の窟《いわや》には鬼が棲《す》んでいて、人を取って喰《く》う。

そう聞いている。

太郎《たろう》はだだっ広い叢《くさむら》の真ん中で、ただ迷っていた。

このまま彷徨《さまよ》っていても、いずれ自分は死ぬだろう。

もう何日も食べ物を口にしていない。食べられるようなものは見当たらなくて、おまけに川もなかった。

喉《のど》が渇いたので水溜《みずた》まりの泥水を啜《すす》ったら、腹を毀《こわ》して瀉《くだ》してしまった。出すものなど何もないのに、腹はぐるぐると鳴って、水のような糞《くそ》が流れ出た。腸《はらわた》が溶けて出てしまったのかと思った。

そうなのかもしれなかった。

おまけに、厭《いや》な臭いに嘔吐《えず》いてしまい、太郎は空っぽの腹の中に残った僅《わず》かな水を吐《は》き戻してしまった。水気は全部流れ出てしまい、何だか藁屑《わらくず》のようになってしまった気がした。

何も出すものがなくなって、目が霞《かす》んだり頭が眩々《くらくら》したりしたのだけれど、それでも枯れ木を折るようなぽきぽきした動きで立ち上がって、また太郎は歩き出したのだ。

まだ、生きている。

ただ何処《どこ》に行けばいいのかわからない。

行く当てはない。

村には戻れない。

戻ったところで生きている者はいないかもしれない。

太郎が暮らしていた小屋にも、死骸《しがい》が転がっているだけだ。

喰うものがないのは一緒だ。井戸も涸《か》れている。誰か生き残っていたとしたって、病に罹《かか》っているに違いないのだ。生き乍《なが》ら腐っているのに違いないのだ。

そうでなくとも、太郎はあの村には戻れない。

村の人は皆、太郎を嫌っている。蔑《さげす》んでいる。憎んでいる。忌《い》んでいる。

お父《とう》が悪いことをしたからだ。

何をしたのか太郎は知らない。

きっと酷《むご》いことをしたのだろう。

お父は因業だ。莫迦《ばか》で、乱暴で、欲深くて、くずのような男だ。だからきっと、口では言えないような悪いことをしたのに違いない。

そんなことは童《こども》にだってわかる。

でも悪いことをしたのはお父だ。それなのに太郎も、姉様も、お母《かあ》も、石をぶつけられたり棒で打たれたりする。唾《つば》を吐き掛けられたり、小便を掛けられたりもする。道を歩くことも許されない。村の者と口を利くことも、顔を見ることも許されない。

仕方がないのだ。お父のしたことの報いだからだ。

因業なのだ。

きっと、太郎も。

だけれども、村の者も負けずに因業だったのだと、太郎は思う。

その報いを受けたのだ。そうでなければ、あんな病に罹るものか。太郎の受けた扱いがお父のしたことの、そしてその子であることの報いであるというのなら、村の災厄もまた何か恐ろしいことの報いなのだろう。

みんな、腐って死んだ。

馬も、牛も死んだ。

生きているものはみんな因業なのかなあ。

そうでない人もいるのかなあ。

この叢の向こうにも、きっと人はいるのだろう。その人達はどうなのだろう。やっぱり太郎を見れば、業《ごう》を持つ者と見抜いてしまうのだろうか。

なら。

また苛《いじ》められるのだろう。

西の空に目を遣《や》ると、血のように真っ赤な夕焼けが思い切り広がっていて、泣きたくなる程綺麗《きれい》だった。その真っ赤な空と雲の下に、玄々《くろぐろ》とした恐ろしげな塊がのったりと横たわっている。

山だ。

あの山に鬼がいるのかなあと、太郎はぼんやり考える。

このまま朽ちて干からびて行くのなら、鬼に喰われてしまった方が良いだろうか。

その方が苦しくないかもしれない。

振り向くと赤茶けた森だ。森は厭な色に染まっている。下の方は靄々《もやもや》と霞んでいる。

その先の先に、太郎が暮らしていた村がある。

病に覆われた村だ。みんな死んでいる筈《はず》の村だ。あの病は、肉や骨だけでなく魂も腐らせるのだろう。腐った魂は屍《しかばね》から抜け切らないから、転がった骸《むくろ》に繋《つな》がって、ゆらゆら揺れているのに違いない。濁った水の中の汚い藻のように、ゆらゆら揺れているのに違いない。

もしちゃんと抜けられたとしても、天に昇ることなんか出来やしない。

だから微暝《うすぐら》い影のようになって、家の周りなんかを回っているのだ。

腐った魂は幽霊にもなれやしないんだ。

ざまを見ろ。

太郎はそんな風にも思う。

お母を、姉様を、そして太郎を苛めた罰だ。そう考えると、自分がお父のような荒《すさ》んだ心の持ち主になったような気がしてきて、少しだけ楽になる。お父は、いつもいつも言っていたのだ。

今に見ていろ。

必ず仕返ししてやる。

いつか酷《ひど》い目に遭わせてやる。

どいつもこいつもぶち殺してやるわ。

童の太郎が聞いていても吐き気がするような呪詛《じゅそ》の言葉だ。お父は自分が悪いとは毛の先程も思っていなかった。悪いのはみんな、自分以外だ。

因業だ。お父は因業の塊だ。

ざくざくと草が鳴る。風は凪《な》いでいる。太郎が搔《か》き分けて進むから音が鳴るのだ。草の丈《たけ》は高いから、処に依《よ》っては太郎の丈より高いから、目の前のものは見えない。遠くの玄《くろ》い山と、赤い空が見えるだけだ。

血の色だなあ。

何の草だかわからないけれど、根元が赤い。

これも血の色だ。

屍から血を吸い上げて育《おが》るのだ、この草は。

この叢の下は、きっと全部、昔の人の屍だ。

太郎のいた村も、きっと百年くらいしたら叢になるのだろう。あの腐った骸から根元の赤い草がにょきにょきと生えて、草だらけになるのだ。

そうしたら、抜け切らない腐った魂はどうなるんだろう。草に吸われてしまうのか。

それとも、あの影のようなものになって、うろうろとうろつくのだろうか。太郎のように彷徨うのだろうか。どれだけ彷徨ったって、多分そんなに遠くまでは行けないだろう。行ける訳がない。

何たって、あんなものは幽霊ですらない、この世の汚れのようなものだもの。

太郎はもう一度振り向いた。

あの、森の中に。

この世の汚れが染み出してきている。きっと。

厭だなあ。

太郎を苛めた連中の身体から抜けた腐った魂が、もう何も考えられずに、何の目的もなくあの森の中を動き回っているんだ。

やっぱり戻れない。

そんなものに遭いたくない。見たくもない。

もし、お父の魂だったら。

いいや、お父には魂なんかないから、そんなものはない。あんな因業な男は、何もかもどろどろに腐って溶けて、糞のように悪臭を放つだけだ。きっとそうだ。

お母と。
姉様と。
小さい妹は、穢《けが》れていなかったからきっと天に昇れただろう。
病にも罹っていなかった。荒んでもいなかった。因業なのは。
村の者と。
お父と。
太郎だもの。
太郎は、死んでも天には昇れないだろう。太郎はお父と同じくらいに因業なんだ。
だって。
太郎は、お父を殺した。
殺してそのまま逃げて来た。
何か変なものを踏んだ。
何かの死骸かもしれない。
這《は》い蹲《つくば》ったまま動けなくなった、腐った魂かもしれない。
足許《あしもと》を見ると、けだものの死骸だった。やっぱりあの病に罹ったのだろう。
これじゃあなあ。
あの病は、苦しいのだろうなあ。
村に病が広がって、お父は喜んだものな。

ほうら見ろ、人を莫迦にするからだ。罰《ばち》が当たってみんな死ぬわい。

そんなことを言ったものなあ。

土地持ちが偉いったって、病に罹っちゃお終《しま》いだわなあ。

そんなことも言ったものなあ。

全部死ね。みんな死ねやあ。

笑っていたものな。

あの、お父は。

お母が大百姓さんの看病に出ようとしたら、お父は顔を真っ赤にして怒った。放っておけと言った。どうせすぐにくたばるんだから、生きているうちに仕返しをしてやると言った。今までされたことをやり返してやると言った。お母も姉様も止めたけれど、お父は聞きやしなかった。

何をしてきたのだろう。

お父は、苦しんで寝ている病の人に、石をぶつけたりしたのだろうか。棒で叩《たた》いたりしたのだろうか。唾を吐いたり、小便を掛けたりしたのだろうか。

因業だもの、したのかもしれない。

された方も因業だけれどな。

そんなだから。

もう、あんなのは人じゃないな。

帰って来たお父は、本当に狂ってしまっていて、笑い乍《なが》ら小さい妹を蹴《け》り殺して、それから姉様を殴って、頸《くび》を絞めた。お前の所為《せい》だお前の所為だと言っていた。お母はやめてやめてと泣いて、それでお父に縋《すが》り付いたけれど、突き飛ばされて、それから何度も蹴られて動かなくなった。

お母も、姉様も小さい妹も、みんな死んでしまった。

みんな、お父が殺してしまったんだ。なんて因業なんだろう。どれだけ因業なのだろう。人じゃあないものなあ、あの眼は。

だから太郎は、もう息のない姉様の頸を絞めているお父の頭を後ろから鉈《なた》で割った。

夕日みたいに真っ赤な血が出た。

お父は犬みたいに吠《ほ》えたっけな。

うるさいからもう一度鉈で叩いた。二度目は首の処だ。

草の根みたいに赤い血が出た。

父親を殺したんだから、太郎はお父以上に因業だ。

もう手がつけられない。

何処に行けばいいのだろう。

お祖父《じい》やお祖母《ばあ》が生きていた頃は、お父も、お母も優しかったし、太郎も日に何度も笑ったものだった。あんまり喰うものはなかったけれど、みんなで喰うものは大抵美味《うま》くて、木の根っこでも草の筋でも、腹が膨れれば気持ちは安らかになった。

村の人もあんまり太郎を苛めなかったし。

お父もちゃんと働いていたし。

小さい妹が生まれて。

お祖母が死んで。

次の年にお祖父が死んで。

それで、姉様があの日、何故《なぜ》だか泣き乍ら帰って来て、姉様は血だらけで、それでお父が大きな声を出して、喚《わめ》き乍ら家を飛び出して何処かへ行って、それで。

その日から、何もかもが変わったのだ。

どんな悪いことをしたんだろう、お父は。

幾ら掻き分けても、草は何処までも草で、きっと無限に草で、太郎はこの叢から出ることは出来ないのかもしれないと、そんな風にも思った。

もしかしたらこのままどんどん枯れて、細って、そのまま草になってしまうのかもしれない。どうせ太郎にも抜ける魂なんかはない。お父の因業をそっくり受け継いだ太郎は、死んだって天には昇らないし、抜ける魂もない。ならお父みたいに死ぬよりも、草の方がいいかもしれない。

ああ、草になりたいなあ。

そんな風に思った途端に草は途切れた。

叢を抜けたのだ。

枯れ木が一本あって、その下に赤い着物を着た女の子が立っていた。

「あんたは何処の子」

女の子は太郎に向けてそう尋《き》いた。

「あの、流行《はや》り病の村から来たの」

「お前誰だ」

「あたしは棄てられた」

「何で棄てられた」

「病の人に触ったから」

「触ると棄てられるか」

「伝染《うつ》るから」

「そうか」

「あんたにも伝染るよ。腐って死ぬ」

「俺は伝染っても平気だ。もう腐っているから」

魂もない。

「でも死ぬんだよ」

「死ぬんだよ」

いいの、と女の子は尋いた。

「いいも悪いもないだろ」

「そうか」

女の子は下を向いた。やけに白い顔の娘だ。

「あたしは、焼かれるところだった。でも、焼くのは不憫《ふびん》だから、棄てるって。うんと遠くに行けって。二度と帰って来るなって。棄てるんだから帰って来るなって。だからここまで来たの」

「ふうん」

そんなことで棄ててしまうんだ。棄てなければ焼くんだ。こんなに可愛い娘を。この娘の村の者も、太郎の村の者に負けないくらい業が深いな。

そんなものなのかな。

あんたはと尋かれた。

「俺は、ただ歩いているだけだよ。歩いて歩いて、そのうち死ぬ」

死ぬんだ、と娘は言う。

死ぬさ。

「お前も死ぬのか」

「きっと死ぬ」

それはちょっと厭だなと太郎は思った。

こんな綺麗な着物を着た娘が、腐って死ぬのは少しだけ可哀想だ。

「死ぬとどうなるの」

「知らない。魂は抜けて天に昇るんだろ。でも、あの病に罹ると魂も腐る。それは抜け切らないで、虫に生える茸《きのこ》みたいにゆらゆら揺れるよ。抜けたってもう、罔両《うすかげ》みたいにその辺をうろつくだけの、この世の汚れになるんだよ」

「そんなことない」

娘は迚《とて》も良い声でそう言った。

「魂はお山に昇るって、死んだお祖母様が言っていたもの。この郷一帯の魂は、みんなあのお山に昇るんだって。だからお祖母様も、お山にいるの。今も」

「山にいるのは鬼だよ」

「鬼」

「人を喰う鬼だ」

優しいお祖母がいる訳はない。

「じゃあ、行こう」

娘はそう言って、山の方を向いた。

「あの山に昇ればいい」

「喰われるぞ」

「あんたの言う通りなら、あたしもあんたも腐って死んで、この世の汚れみたいになるのでしょう。なら、生きているうちから昇ればいい」

「鬼がいるんだぞ」

「違うかもしれない」

「鬼だったら喰われるぞ」

「どうせ死ぬ」

あたしお祖母様に逢《あ》いたい、と娘は言った。

太郎も、お祖母やお祖父には逢いたい。いや、この娘の言うことが本当なら、お母も姉様も小さい妹も山にいるのかもしれない。それなら、逢いたい。迚《とて》も逢いたい。

お父はいない。

きっと、お父だけはあの腐った村にへばりついている。天であれ、山であれ、昇る魂がない因業者だから。

太郎もここで死ねばお父と同じになる。薄穢《うすぎたな》いこの世の汚れになって、この世が滅ぶまでこの腐った大地を彷徨うのだろう。でも、山に昇れば。

優しい人達に逢えるのか。

それとも鬼に喰われるか。

「行ってみればわかる」

娘はそう言った。

「どっちだっていい。ここで腐って死ぬよりも、ずっといい」

「俺は――」

太郎は山を見上げた。

鬼がいるのか。

死者が棲むのか。

俺は行かないよと太郎は言った。

「何で」

「行っちゃいけない。見ちゃ駄目なんだ。逢っちゃいけない」

死んだ人にも。

鬼にも。

俺はここで腐って死ぬよ。

因業だから。

「逢えないから、鬼でも死んだ人でも一緒だよ」

「能《よ》くわかったな」

女の子はそう言って、消えた。

そして太郎はまた歩き出した。

鬼談・完

解説

東　雅夫

本書『鬼談』は、京極夏彦が怪談専門誌「幽」誌上で二〇〇六年十二月から十余年にわたり書き継いできた、通称〈「　」談〉シリーズ——『幽談』(二〇〇八)『冥談』(二〇一〇)『眩談』(二〇一二)に続く四冊目の短篇集として、二〇一五年四月にKADOKAWAから刊行された(ただし、すべてが「幽」掲載作ではなく、他の媒体に発表された作品および単行本化に際して書き下ろされた作品も一部含まれている)。

弁当箱本とも称される大長篇や共通のキャラクターが登場する連作を得意とする著者には珍しく、このシリーズは一話完結形式の純然たる短篇集であり、新境地を拓《ひら》く意欲的な試みとして、従来のファン層はもとより、海外文学や純文学も含めたコアな幻想文学系の読者からも注目を集めてきたことは、ここで再説するまでもなかろう。

こうしたスタイルが採られるに至った要因としては、やはり発表媒体が、怪談文芸を標榜する専門誌であることが大きかったように思われる。

……などと他人事《ひとごと》のように云ったが、「幽」での連載開始にあたり、「今度こそ、怪談小説を是非!」とお願いしたのは、同誌の編集長(現在は編集顧問だが何故か業務内容は同じ）を務めていた私である。「今度こそ」とは、それまで「幽」には「旧耳袋」（単行本化に際して『旧怪談』、文庫化に際して『旧談』と改題）と銘打つ、きわめてトリッキーな連載をお願いしていたからだ。怪談実話の一源流となった江戸の随筆集『耳袋』（根岸鎮衛著）所載の諸篇を、現代怪談実話の雄『新耳袋』（木原浩勝・中山市朗著）を彷彿させる文体で再話するという、これはこれで著者にしかできないし、そもそも余人には思いつかないだろう卓抜で有意義な試みであったと思う。そうはいっても当方としては、やはり京極夏彦ならではのオリジナルな怪談小説を、日本で唯一の、というか世界的にもあまり例を見ない、怪談文芸専門誌に書いていただきたいし、何より自分自身が読みたい。

「これは私のみならず『幽』読者に共通した切望にほかならないのです！」
「分かりました。とはいえ、怪談はハードルが高いので、『幽談』でいきましょう。『幽』に書くのだし（笑）」（大意）

……かくして、〈「　」談〉シリーズは幕を開けたのだった。

「怪談はハードルが高い」という表現は、京極が怪談について語る際、幾度となく口にしてきた決まり文句である。そこには、この分野に対する敬愛の念と同時に、並々ならぬ思い入れの深さが感得されるのだが、事実、鮮烈な作家デビューからさほど時を経ずして収録されたインタビューの中で、すでに次のような発言がなされているのであった。

京極　（略）それから今後は怪談も書きたいです。怪談を捨てておけないなと思ったのは、怪談も今瀕死だと思うからです。日本の怪談にはかなり優秀なもの、あるいは感銘を受けるものがある。けれども今日本の怪談をどなたかがお書きになっているかというと、おそらくあまりないいんじゃないかなと思うんですよ。モダンホラーの秀作などはあるんですけれども、本当の意味での怪談というのはとぎれているのではないかなと思うので、及ばずながら妖怪と一緒に怪談の復興もしたい。（略）ただ私に、どれだけ怪談を書く力量があるかはまだ分からない。怪談は文学としてはレベルが高いですからね。

（「幻想文学」第四十四号掲載「妖怪小説の復権をめざして」／一九九五年四月収録）

「文学の極意は怪談である」という文豪・佐藤春夫の名文句を想起しつつ、内心、「こいつは面白いことになってきたわい」とほくそ笑んだことを、懐かしく想い出す。おっと、申し遅れたが、このときインタビュアーを務めたのも、当時は「幻想文学」の編集長だった私である。今をときめく新本格ミステリの新星が、妖怪はまだしも、なんと怪談の復興にまで意欲を燃やしているとは……予想外の嬉しい驚きだった。

さるにても思いかえせば、一九九九年の「怪談之怪」（メンバーは京極夏彦、木原浩勝、中山市朗、東雅夫）結成、二〇〇四年の「幽」創刊、二〇〇六年の『幽』怪談文学賞」創設等々、その後の二十余年におよぶ、われらが「怪談復興」の流れは、すべてがこのときの面談に起因するかのごとくではないか。おそるべし嗚呼《ああ》おそるべし。
　ところで、右のインタビュー中には、本書を読むうえでも大いに参考になりそうな注目発言が、もうひとつあった。著者の持論である「怪談理論」をめぐるくだりだ。

京極　因果応報など怪異に対する何らかの理由付けを前面に出した書き方をされたものは、怪談ではなくて、因果話です。怪異の説明がされてしまう。だから「四谷雑談」は怪談ですけど、『四谷怪談』は厳密な意味での怪談じゃない場合が多いんですよ。ただ鶴屋南北はやはり上手くてですね、怪談でない因果話を絡めながらも、最終的には因果を無視して、すごい結末を作っている、そこが怖いんですよね。怪談は怪しい話ですから、理由はいらないんです。（略）怖いものを怖いものなりに何の説明もなしにボンと見せつけてやる文学というものは、あるべきだろうと私は思います。それを微力ながらも、やっていければなと思っているんです。

　いかがであろうか。すでに本書を読了された方ならば、さてこそ！　と得心されるに違いない。怖いものを何の説明もなしに、いきなり見せつける文学――その紛うことなき実例が、本書に収められた短篇にはふんだんに見いだされるのだから。こんな証言もある。

宮部　どの短篇もラストの一行がとっても怖いんですよ。「鬼情」にしても、「鬼慕」にしても、それまで張り詰めていた氷に、ぴしっとひびが入る瞬間のような怖さがある。「鬼気」のラストでお母さんが言う「お前の真似だよ」という台詞《セリフ》なんて、自分が言われたらたまらないだろうなと。（「本の旅人」二〇一五年五月号掲載の京極夏彦・宮部みゆき対談「存在と実在のあいだ」より）

やはり怖い話の名手でもある宮部みゆきだけに、鋭い着眼というほかはない。宮部は右に先立つくだりで「怖さでいうと、この『鬼談』が一番じゃないでしょうか。すべての短篇が本当に容赦なくって、読み手の胸にぐさっと突き刺さってくる」とも述べている。

ちなみに「幽談」「冥談」「眩談」は著者の造語だったが、「鬼談」は岡本綺堂の名作『青蛙堂鬼談』をはじめ先例がある、怪談文学史的にも由緒ある言葉だ。奇計際だつ「鬼縁」や『雨月物語』をスタイリッシュに本歌取りする「鬼情」から、官能小説風の「鬼交」や暗黒民話風の「鬼神」まで、変幻自在な小説技巧をこれでもかとばかり駆使して、読む者を問答無用の戦慄へと誘う本書は、〈「　」談〉シリーズの白眉であるのみならず、現代における怪談文芸の一頂点を極める記念碑的名著と呼ぶにふさわしい。

二〇一八年一月

本書に収録されている作品はフィクションです。
実際の団体・人物などとは一切関係ありません。

本書は、二〇一五年四月に小社より刊行された
単行本を加筆修正の上、文庫化したものです。

鬼《き》談《だん》

京《きょう》極《ごく》夏《なつ》彦《ひこ》

平成30年 2月25日　初版発行
令和7年 6月10日　8版発行

発行者●山下直久

発行●株式会社KADOKAWA
〒102-8177　東京都千代田区富士見2-13-3
電話　0570-002-301(ナビダイヤル)

角川文庫 20771

印刷所●株式会社KADOKAWA
製本所●株式会社KADOKAWA

表紙画●和田三造

ISBN978-4-04-105737-7　C0193